A outra filha

capa e projeto gráfico **Frede Tizzot**
revisão **Aline Almeida**
tradução **Rafael Ginane Bezerra**

© Editora Arte e Letra, 2023

La otra hija © Santiago La Rosa, 2021
Originally published by Editorial Sigilo S.L.
c/o Indent Literary Agency
www.indentagency.com

L 111
La Rosa, Santiago
A outra filha / Santiago La Rosa; tradução de Rafael Ginane Bezerra. – Curitiba : Arte & Letra, 2023.
216 p.

ISBN 978-65-87603-41-4

1. Literatura argentina   I. Bezerra, Rafael Ginane
II. Título
                                           CDD 868.9932

Índice para catálogo sistemático:
1. Ficção : Literatura argentina   868.9932
Catalogação na Fonte
Bibliotecária responsável: Ana Lúcia Merege - CRB-7 4667

Arte e Letra
Curitiba - PR - Brasil
Fone: (41) 3223-5302
www.arteeletra.com.br - contato@arteeletra.com.br

Santiago La Rosa

A outra filha

trad. Rafael Ginane Bezerra

exemplar nº 102

Curitiba
2023

Foi uma pancada, um grito? Procurei pelo nosso chalé por entre as árvores, mas não consegui vê-lo. Tinha levado uma tenda até o riacho, com meu caderno de anotações e alguns livros. Voltei pela trilha entre as acácias e as aroeiras. Sentia as pedras pelas solas dos chinelos, alguns galhos arranhavam os meus calcanhares e os insetos zumbiam ao redor. Andava alerta, com o passo rápido. Tínhamos escolhido aquela região das serras para ficar sozinhos, sem sinal de telefone, sem televisão ou computador. Um cliché do verão e das férias, que me agradava: um pouco de natureza, ler os livros que tinha amontoado em Buenos Aires e retomar a escrita. Rotinas singelas, como ir à feira de produtores locais várias vezes por semana, nós três cozinhando juntos, ter tempo para explorar o rio ou para me jogar em uma rede velha que alguém tinha esquecido entre as árvores, olhar bichinhos com a lupa e capturar vaga-lumes. Luna, a minha filha, tinha acabado de ser desfraldada, nadava com boias de braço e catava amoras com o seu ursinho.

Então escutei outro grito, mais forte: Julia me chamava. Pensei na piscina, nas cercas de arame farpado, nos escorpiões e nas serpentes. Luna. Corri em direção ao chalé, em direção ao grito, calculando a que distância estávamos de um pronto-socorro ou hospital. Aquilo que tínhamos celebrado com entusiasmo, o ar puro, os animais, o caminho de poços e pedras que nos isolava por quilômetros, o povoado pequeno que fechava para a sesta e que tinha apenas um armazém, subitamente tinha se transformado em uma armadilha. Cheguei. Procurei pelas chaves do carro. Precisava me apressar. Olhei para o fundo da piscina e depois para Julia, que apontou para um canto, ao lado das plantas, perto da churrasqueira.

Bateu no vidro e caiu, acredito que está morto, ela disse.

Caído sobre o piso estava um pássaro que olhava fixamente, sem piscar. As penas do peito se mexiam.

Está morto?, Julia repetiu.

Não entendo muito de pássaros. Aquele era marrom, um pouco avermelhado, pequeno como um canário. Ia morrer lá, ao lado da piscina. Ainda assustado, fui até o quarto: a minha filha dormia a sesta com o rosto virado para a parede, o vestido por cima da cintura e os lençóis enrolados nos pés. Respirava pesado.

Lá fora, Julia tinha se aproximado do pássaro, embora não se atrevesse a tocá-lo. Sorria, mas deixou claro para mim que os animais e os insetos eram minha responsabilidade. Tínhamos encontrado preás, raposas, cervos e uma aranha enorme que vivia entre as tábuas do deque e que aparecia à tarde.

Fui buscar a peneira de limpar a piscina. Pensei em usá-la como uma pá para atirar o pássaro no mato. Toquei-o com a ponta do plástico azul. Esperava por um movimento, por alguma reação. O animal deixou-se arrastar um pouco sem parar de me olhar. Debaixo das penas, tinha uma mancha. Não parecia sangue, nem dava para ver machucados. Era uma substância úmida, avermelhada, algo que tinha saído do corpo dele. Soltei a peneira e disfarcei a náusea.

Talvez esteja atordoado, eu disse, vamos esperar um pouco.

Preparamos café e nos sentamos na varanda. Queria que o pássaro se recuperasse. Na estrada, a caminho de Córdoba, eu já tinha atropelado um quero-quero contra o para-brisa. Eu o tinha visto alçando voo de uma cerca próxima ao pasto e soube que ia acertá-lo. Julia e Luna dormiam. Desviar àquela velocidade teria sido insensatez. O quero-quero se remexeu soltando penas e passou por cima do carro. Pelo retrovisor eu o vi dar várias piruetas com as asas desgrenhadas em direção ao asfalto.

Desde nossa chegada nas serras, as coisas estavam tranquilas. Observei Julia, que segurava a xícara com as duas mãos e inspirava o vapor do café. Pensei em todas as brigas que tivemos nos últimos meses, na ansiedade e na preocupação. Sorri para ela. Precisava tirar aquele pássaro de lá antes que minha filha o visse, antes que ela quisesse pegá-lo, cuidá-lo e abraçá-lo. Antes que todas as doenças que aquele bicho podia conter entre as penas se pronunciassem.

Quando Luna tinha sete meses, ela caiu da cama. Dormia com a gente e rolou pela borda. A pancada e o grito de Julia, tão parecido ao que tinha acabado de dar, me acordaram. Luna estava caída entre a cama e a mesinha de cabeceira, retorcida em uma posição estranha. Não chorava. Imobilizei o pescoço para levantá-la, apalpei a cabeça, os braços e as costas, procurando por indícios de fraturas. A abracei implorando que mexesse as pernas e caminhei com ela pelo quarto à meia-luz. Luna se contorceu e me chutou antes de soluçar e de dar os primeiros gritos. Insisti para que a levássemos ao pronto-socorro, tinha receio de lesões e coágulos, e enquanto revezávamos os cuidados durante a madrugada, gritei para que Julia não a deixasse dormir. No momento em que entramos pela porta de emergência, Luna balbuciava e sorria para os médicos e enfermeiros que passavam ao nosso lado.

O pássaro levantou-se atordoado, moveu-se com alguns pulinhos, alçou um voo baixinho, rasante, e buscou refúgio entre as pedras do riacho. Para onde poderia ir? Tinha escutado que depois de uma pancada daquelas eles quebram o bico, perdem o rumo e não sabem mais voltar para o ninho. Se não caem mortos, em pouco tempo algum predador os captura.

Primeira parte

Nosso destino

A minha filha tinha sido um atraso de várias semanas que se prolongou até a tarde em que fizemos o teste. Julia chorou. No mês anterior ela tinha sido promovida na fundação onde trabalhava, um emprego no qual precisava viajar pela América Latina, coordenar projetos. Eu começava a montar o meu consultório e dava todas as aulas que podia na universidade. Observei o nosso apartamento: a escada que tremia a cada passo, os corrimões frouxos e uma guimba amassada em um prato sobre a bancada da cozinha. Repeti várias vezes que ia ficar tudo bem, que faríamos o que ela quisesse e a abracei com força, como se ela fosse me escapar.

Na manhã seguinte começamos a nos aproximar aos poucos de um tema que desconhecíamos. Googlamos. Encontramos um simulador que comparava o tamanho do bebê com caroços, frutas e bolas de tênis, futebol e basquete, e que nos disse quando ele nasceria. Rimos e Julia voltou a chorar. O teste tinha ficado em cima da mesinha de cabeceira. Ela o embrulhou em papel higiênico, pegou o telefone e saiu do apartamento. Disse que ia ligar para uma amiga, que precisava conversar sobre aquilo com alguém.

Eu precisava conversar com alguém? Desde que atravessei o Cabildo para comprar o teste, estava pensando no meu pai. Ligava para ele para tirar dúvidas sobre bancos, contadores, problemas com o carro. Quando pegava gripe, ele me dizia quais remédios tomar, quanto repouso fazer, falava com segurança, me oferecia soluções.

    Perguntei se podia jantar com ele e fui vê-lo naquela mesma noite. Caminhei as cinco quadras entre a minha casa e o apartamento dele com calor, com medo. Não sabia por onde começar: "você vai ser avô"?, "eu vou ter um filho"? Toquei a campainha e escutei as patas e os latidos dos dois cachorros que se aproximavam, e depois escutei Mariana, a namorada do meu pai, puxando as coleiras e dando ordens enquanto os cachorros relutavam. Entrei. O meu pai me esperava na cozinha. Usava um avental listrado sobre a camisa e tinha uma garrafa de vinho pronta para ser aberta.

    Julia?, ele me perguntou enquanto eu deixava as minhas coisas sobre a cadeira e Mariana as recolhia para acomodá-las em uma mesinha na sala de estar.

    Julia estava em casa vomitando. À tarde, tinha sentido uns enjoos tremendos e não tinha conseguido se arrumar. Como se a simples ideia de fazer uma visita tivesse disparado os sintomas, tinha ficado deitada, coberta até o pescoço com o celular e uma garrafa de água ao lado da cama.

    Bem, eu disse, ela está cansada, amanhã tem uma reunião logo cedo, mandou um beijo para vocês.

    O meu pai não respondeu, destampou uma das panelas e remexeu algumas vezes.

    Antes do salmão ficar pronto, comemos burrata e mil-folhas de batata.

    O meu pai falou de uma viagem à Itália que faria no mês seguinte, do percurso, das aulas que tinham pedido que ele ministrasse e de sua vontade de descansar. Tinha uma série de seminários para dar e pacientes que o esperavam em Veneza. Às dez insistiu que fôssemos para a sala de estar porque estava começando um seriado que ele gostava. Depois do episódio, serviu uns copos de whisky. O dele, cheio de gelo e com a bebida até a borda. O meu, puro. Esperei que Mariana organizasse os pratos no lava-louças. Estávamos sentados nas poltronas de couro. Quase não vinha barulho da rua porque era domingo.

Perguntei se ele estaria em Buenos Aires para o 8 de agosto. Meu pai disse que acreditava que sim, entornou o copo e suspirou. Depois me perguntou por quê.

Julia está grávida, disse. Essa é a data provável do parto, durante o inverno. Fez-se silêncio. Senti o rosto quente e as mãos geladas. Se tudo correr como o previsto, acrescentei, nasce nesse dia.

Notei o esforço que ele fez para sorrir. Tocou o meu joelho com a palma da mão. Me dê um abraço, disse. Ficamos alguns segundos abraçados. Mariana começou a chorar e veio me dar um beijo. Mil beijos para a Julia, disse, quero vê-la, felicitá-la.

Sim, disse meu pai, vamos abrir um espumante. Precisamos brindar.

Esvaziamos as taças e ele se apressou em enchê-las novamente com três movimentos precisos, a espuma quase transbordando, mas sem chegar a transbordar.

Você sabe o trabalho que dá ter um filho?, disse então o meu pai, e tornou a esvaziar a sua taça com dois goles.

Trabalho. Eu iria pensar muito nessa palavra durante os anos seguintes. Daria voltas e mais voltas procurando entender o que ele tinha tentado me dizer, como se nisso repousasse a explicação de tudo o que aconteceu depois, de como a nossa relação mudou e, talvez, de como tinha sido a sua vida antes de eu nascer.

Alguns dias depois, durante o primeiro pré-natal, uma ecografia revelou uma mancha escura ao lado do embrião. O médico franziu o cenho: um hematoma, disse sem soltar o instrumento, com os olhos fixos na tela. Nos explicou que um coágulo podia ser reabsorvido aos poucos ou soltar-se, acrescentou. O perigo era que podia levar o embrião com ele. Julia segurou a minha mão com força e o médico disse que era normal, que ela deveria fazer repouso, que não se assustasse, que aquelas coisas podiam acontecer durante as primeiras doze semanas.

Então eu pensei que o trabalho que o meu pai tinha mencionado consistia em cuidar daquele filho, protegê-lo, conservá-lo com vida.

Uma sequência de novos exames e uma translucência nucal foram feitos para descartar malformações e síndromes assustadoras. Olhem o nariz, nos disse o técnico dessa vez, e eu procurei na imagem pelo pontinho no rosto. Que tenha nariz é um bom sinal, ele disse.

Mesmo sem conhecê-lo, a cada semana mudávamos o nome daquele bebê, uma lista fixada com imã à geladeira na qual Julia e eu acrescentávamos e eliminávamos opções. Assistíamos à formação do corpo durante as ecografias: mãos, pernas, dedos, lábios e uma cabeça enorme. Antecipávamos uma personalidade para ele. Eu observava a barriga de Julia e esperava pelos movimentos sob a pele. Me sentia aliviado com os chutes e as cotoveladas. Então eu encostava o meu ouvido no umbigo de Julia e contava coisas sobre o dia, descrevia o mundo que o esperava, aquilo que ele ainda não podia ver.

O meu pai também acompanhava a gravidez. Durante os jantares na casa dele, ele chamava Julia de lado para conversas que soavam a tramas secretas. Ele dava aspirinas para afinar o sangue e prevenir a perda involuntária do feto. Preparava potes com mantimentos para que tivéssemos o que comer durante a semana. Julia precisa estar bem alimentada, dizia com seriedade. Quando voltou de sua viagem para a Europa, trouxe montoeiras de presentes: camisetas minúsculas, meias que cabiam em dois dos meus dedos. Ele se fez presente naqueles primeiros meses, escrevia, ligava, arquitetava planos e viagens familiares. *Il nonno*, dizia.

Ele decidiu reservar um quarto da casa dele para receber o bebê. Ia pintá-lo de azul claro. Demarcou os espaços para o berço e o trocador, para os brinquedos que providenciaria. A criança assistiria a todos os desenhos animados que quisesse, ele lhe prepararia doces e sorvetes. Precisava conhecer a Itália.

Na minha casa paterna, a concordância era feita no masculino, éramos uma família de homens. O meu irmão Martín, o meu pai e eu.

É impossível, ele respondeu convicto quando contamos que Luna era uma menina. Depois, viu a imagem da ecografia. Que bonito!, sorriu finalmente, *mia nipote*.

Pouco tempo depois, organizou outra viagem de trabalho precisamente para a data do parto e converteu o quarto azul de Luna em um enorme closet. Mas preservou, alinhados sobre uma cômoda, três pelúcias de croché: uma ovelha, um urso e uma girafa.

Durante o sétimo mês descobrimos uma doença rara que faz o fígado entrar em colapso. Ela passa despercebida na maior parte das pessoas, quase não há sintomas, mas é perigosa no corpo de uma gestante: a toxina inunda o líquido amniótico e pode matar o bebê. Julia sentia coceira nas mãos e, durante a consulta, rindo, queixou-se de que tudo caminhava bem. Fizeram o exame de praxe para confirmar. A partir de então, foram vários testes por semana, medicamentos, consultas com especialistas. Para além de um certo nível de toxina, é necessário intervir, o risco é grande. O obstetra indicou uma injeção para adiantar o desenvolvimento dos pulmões. Faz que o bebê prematuro consiga respirar, ele disse, estou tentando evitar complicações, semanas na UTI neonatal.

Luna nasceu de um parto de emergência depois que, apesar dos cuidados, o nível da toxina fugiu ao controle. Foi uma emergência calculada: tínhamos três horas para chegar na clínica, o médico tinha reservado uma sala de cirurgia.

Interrompi uma sessão em meu consultório e cancelei as demais. Dirigi até a clínica com o vidro do carro aberto, sentindo o vento frio, as minhas mãos tremiam. Julia foi para lá de táxi e nos encontramos no saguão. Conferimos a bolsa com o enxoval que tínhamos preparado, peguei o documento da assistência social e lhe disse: que momento maravilhoso. Julia me deu um beijo na face e chamou o obstetra.

Quando Julia foi levada em uma maca, o anestesista nos chamou de "papai" e "mamãe". Fui encaminhado para um vestiário. Tinha que me preparar para a cesariana: vestir uma camisola hospitalar, luvas, touca e máscara. Entrou um homem com uma camisola igual à minha, mas manchada, a barba e as bochechas cobertas de sangue. Ele abriu o armário e ficou digitando em um celular cujo teclado ressonava. As letras faziam lembrar uma máquina de escrever e as mensagens trocadas emitiam um bipe chamativo. Depois ele pegou um relógio de pulso, limpou os óculos com o tecido da camisa e olhou para mim. Osvaldo, disse estendendo a mão, é o teu primeiro? É a coisa mais bonita que vai acontecer na tua vida, disse precisamente quando a enfermeira entrou para me avisar que estavam começando, que era para eu lavar as mãos até os cotovelos com um sabão azul e uma escova dura.

Luna nasceu à tarde, pouco antes das seis. Passou a noite deitada sobre o peito de Julia. Quando acordava, eu passeava com ela pelo quarto, cantarolando baixinho. Não a largamos em nenhum momento e nem a deixamos no berço, uma caixa plástica transparente que tinha o nome dela e que ficava ao lado da cama.

As enfermeiras desaprovavam todo aquele mimo. Podia cair se pegássemos no sono, elas repetiam, um bebê é uma coisa muito delicada. Justamente por esse motivo eu não conseguia dormir, e quase não dormi ao longo de todo o primeiro ano. Durante a noite, eu me sobressaltava e corria para verificar a respiração, procurava pelo movimento do seu peito com a mão, sentia nos dedos o ar quente que ela exalava pelo nariz. Eu zelava pelo seu sono.

Um colega da universidade tinha me falado sobre o tema em uma reunião de professores. Eu nunca tinha escutado nada sobre morte súbita. Uma morte sem explicação, sem causa. É como uma loteria, ele disse, pode acontecer com qualquer um. Mencionou uma proporção que talvez fosse de um para cada cem. Algumas noites eu recalculava aquela lembrança e a multiplicava: um bebê para cada cinquenta, um para cada vinte. E então eu ficava ao lado da minha filha.

Depois do primeiro mês, quando o risco era menor, ainda não conseguia me concentrar para ler um livro, então eu comecei a assistir vídeos pelo YouTube: partidas clássicas de tênis, finais entre Borg e McEnroe, Pat Cash, o jovem Michael Chang, imagens muito anteriores ao meu nascimento. As gravações velhas, de canais europeus, exibiam quadras verde flúor e laranja amarronzado. Os jogadores moviam-se em silêncio e brandiam a raquete contra bolinhas convertidas em estrelas fantasma pela saturação das cores e câmeras da época. Foram centenas de horas de vídeos até que finalmente amanhecia. A respiração dos bebês, aprendi, não é igual à dos adultos, ela tem uma espécie de apneia que os leva a um ritmo irregular e eles podem demorar vários segundos entre uma inspiração e outra. Eu procurava pelo pulso de minha filha e esperava.

Meu pai e Mariana tinham tentado ter filhos. Dava para perceber pela tristeza de Mariana em algumas noites e pelo silêncio do meu pai, que uma vez deixou à vista os envelopes dos laboratórios com exames e receitas cheias de assinaturas e de carimbos. Mariana não vai jantar com a gente, ele dizia naquelas ocasiões e levava para ela um prato de comida no quarto. Algum tempo depois, apareceram os cachorros. Primeiro o Lupo, um Jack Russel agitado e neurótico, e depois a Roxy, uma cachorrinha da mesma raça.

Quando meu pai e Mariana viajavam, era preciso planejar onde deixá-los, lidar com as queixas dos vizinhos por conta do barulho e das brigas e tratar com os passeadores que se negavam a continuar com o trabalho. Eles passavam o dia trancados no apartamento, presos à coleira. Na época em que a minha filha nasceu, os cachorros eram o assunto principal da vida do meu pai.

Na primeira noite que a levamos para jantar na casa dele, Luna tinha três meses. Eram poucas quadras, mas estava frio. Agasalhamos nossa filha com várias camadas de roupa, preparamos as mantas, as fraldas e as chupetas. Enquanto subíamos as escadas, escutei os latidos, e quando nos aproximamos da porta, as unhas arranhando a madeira. Um deles pulou, resvalou sobre o parquete, e ao fundo pudemos escutar a voz de Mariana pedindo que eles se acalmassem.

Nos sentamos na sala de jantar. Luna dormia. Acomodei o moisés sobre uma cadeira, tomando cuidado para que ficasse equilibrado. Julia retirou as mantas e abriu o zíper do tip top de lã. Pedi que ela desagasalhasse Luna aos poucos, o pediatra tinha recomendado que tivéssemos cuidado com as mudanças bruscas de temperatura. Meu pai escolheu um vinho e serviu as entradas. *Gli antipasti*, disse. Mariana levou os cachorros para a lavanderia e trocou a água das suas tigelas. Eles latiam. Ela os acariciou, disse "fiquem calmos, meus amores", mas os cachorros continuaram irrequietos.

À mesa, contei que Luna já segurava os seus brinquedos e sacudia os chocalhos, que várias vezes eu a tinha flagrado com o braço esticado, observando-o encantada, um pouco vesga, com o punho bem apertado. Todos rimos.

Meu pai abriu o forno, retirou a peça de fraldinha que tinha assado por várias horas e os cachorros redobraram o escarcéu: rosnados altos do macho e o choro da cachorra. Meu pai se levantou para ir à lavanderia. *Zitti*, gritou. Escutamos puxões e três ou quatro pancadas nos dorsos. Os cachorros gemeram. Mariana baixou os olhos.

Luna acordou depois da sobremesa. Meu pai quis pegá-la no colo, beijou a sua testa e tentou fazê-la arrotar, apoiando-a sobre o peito e dando tapinhas nas costas. Luna nunca arrotava. Os cachorros voltaram a latir. Querem saber quem é o novo membro da família, disse meu pai. Julia e eu sorrimos. Ele se levantou e voltou à lavanderia, trouxe os cachorros que repuxavam as coleiras e resvalavam sobre o piso de cerâmica. Cheiraram o forno e as travessas vazias. Meu pai entregou as coleiras para Mariana. Segure-os, disse. Então acariciou o pescoço de Luna e explicou em seu ouvido: Estes são Lupino e Roxy, eles vão ser teus amigos, vão cuidar e brincar com você quando você crescer. Luna se contorceu e choramingou. *Sono amici*, disse, *non avere paura*. Eles só querem conhecer você. Depois, com cuidado, meu pai se agachou próximo aos cachorros e estendeu a minha filha para eles. Me levantei com um pulo. Não, eu disse. Talvez fosse uma brincadeira ou uma piada. Julia e Mariana observavam petrificadas. Meu pai abriu a manta antialérgica. Os cachorros forcejavam as coleiras, cada vez mais próximos.

Por favor, não, disse Julia, e meu pai sorriu para ela.

Eles precisam cheirá-la, reconhecê-la, ele disse. Subitamente, Roxy deu uma dentada e arrancou a mantinha, meu pai se desequilibrou, caiu e Luna rolou pelo chão, assustada, sacudindo as pernas. Eu a levantei quando Lupo estava prestes a pular sobre ela. Roxy arrastou a mantinha pelo chão. Mariana estava ruborizada. Não foi nada, ela disse e repetiu logo em seguida. Meu pai parecia atônito. *Non è sucesso nulla*, disse, *vogliono giocare ma non sono cattivi*. Esfregou a manta no focinho de Lupo para que ele também a cheirasse. Eu sentia o coração palpitante. Meu pai baixou os olhos e foi esquentar água para um chá. Julia pegou Luna no colo, levou-a para um dos quartos para que se acalmasse e não voltou a soltá-la pelo resto da noite.

Meu pai teve uma filha que morreu aos oito meses. Ele tinha me contado a história pouco antes de se separar da minha mãe, quando eu tinha doze anos, em um sábado enquanto tomávamos café da manhã fora de casa. Foi a única vez que eu o escutei falar dela.

Algum tempo antes eu tinha encontrado uma touquinha de tricô, cor de rosa e minúscula, na sua gaveta de meias. Tinha uma chupeta velha, com o plástico escuro, endurecido, em seu nécessaire. Ele não era de guardar coisas, nem de escondê-las, por isso, durante semanas, aquela toca e aquela chupeta foram as pistas de um mistério. Não podiam ter sido minhas e nem do meu irmão Martín. Nós dois tínhamos uma caixa de recordações e nossas roupinhas de bebê estavam guardadas no sótão. Eu voltava àquela gaveta toda vez que meus pais saíam, tocava a lã da touquinha, procurava por fios de cabelo entre as tramas, cheirava aquilo que já não tinha mais cheiro; a chupeta com uma correntinha de plástico acinzentado me dava nojo e arrepios nas costas. Me perguntava de onde tinham saído aquelas coisas e por que estavam junto com o kit de cortar unhas, com os cremes e o pincel de barbear, entre todo o resto que era tão organizado e limpo.

Foi Martín, que ainda estava aprendendo a ler, quem pegou o documento do meu pai enquanto minha mãe terminava de arrumar as malas para uma viagem. Naquela época, soletrando vagarosamente qualquer coisa, ele dava um jeito de lidar com as sílabas. Ocupado com sua agenda eletrônica nova, meu pai tomava café. Martín leu o nome em voz alta e depois: Ar-gen-ti-no. Do-ze de mar-ço de mil-no-ve-cen-tos e ses-sen-ta. Esta-do ci-vil vi-ú-vo. O que é estado civil? perguntou, mas minha mãe pegou o documento e o mandou arrumar suas coisas, ele que fosse escolher os brinquedos para colocar na mala. Meu pai riu e disse que aquilo que tinham escrito era um erro do homem do registro civil. O certo seria dizer que ele era casado. Casado com Marcela, a mãe de vocês, disse, e seria preciso acrescentar que sou pai de dois meninos maravilhosos. Martín se ofereceu para fazer a correção. Posso escrever isso aqui em cima, disse. Mas eu sabia o que significava a palavra "viúvo".

Naquela noite os meus pais discutiram feio. Gritos, xingamentos, silêncio, coisas atiradas contra o chão, portas batendo. Na manhã seguinte, logo cedo, meu pai me acordou. Ele estava sentado na beira da minha cama. Vamos tomar café, disse, vista-se sem acordar o teu irmão porque já estamos saindo.

Pegamos o carro. Naquela época ele tinha uma caminhonete verde da Toyota com três filas de assentos e um telefone integrado que ficava perto do freio de mão.

Tua mãe insistiu que eu te contasse, ele começou. Ela acredita que você precisa saber.

Sentado no lado do passageiro, olhei para ele. Meu pai manobrava concentrado para tirar a caminhonete da garagem, prestava atenção na distância dos espelhos para evitar que os pneus raspassem em bordas e colunas.

Eu fui casado, disse.

Quando já estávamos na rua, meu pai desligou o som e ajustou a posição do seu assento.

E tive uma filha, acrescentou. Faz tempo, três anos antes de conhecer a tua mãe, quatro antes de você nascer.

Eu não disse nada, não soube o que dizer.

Meu pai trocava as marchas com força, a caminhonete dava solavancos, ele acelerava e freava em cada esquina.

E daí?, eu disse depois de juntar coragem para abrir a boca.

Não gosto de tocar nesse assunto, meu pai disse. Pensei que não ia conseguir me recuperar até que você nasceu, até que pude recomeçar a vida com a tua mãe.

Acariciou o meu cabelo com uma mão enquanto dirigia.

O que você quer de café da manhã?, perguntou.

Fomos no bar favorito dele que ficava na Recoleta, bem na frente da praça Francia. Os garçons o conheciam. Lá ele me perguntou sobre a escola, sobre os quadrinhos que eu lia.

O que aconteceu com elas?, eu quis saber por fim, quando ele já tinha pedido a conta.

A minha esposa teve uma crise quando a menina nasceu, meu pai disse e tomou fôlego antes de continuar. Ela tinha ciúmes, não conseguia aceitar a bebê, nem queria vê-la.

Contraí a mandíbula. Lembro dos meus dentes doendo e de que me concentrei nos molares e nas manchas claras que tinham ficado sobre a toalha. A história ia se formando em minha cabeça antes dele contar: a toquinha, a chupeta, viúvo.

A minha esposa passou meses internada, eu trabalhava como um louco para pagar as contas da clínica e os gastos com a menina. Passou o inverno, a primavera, meu pai disse, planejei as férias para o final daquele ano, descansar um pouco. E por aqueles dias a minha esposa teve alta da clínica, pediu para ficar com a menina antes da viagem e eu pensei que ela estava bem: ela penteava a bebê com uma escova macia e cantava músicas da María Elena Walsh. Eu pensei que ela estava bem, meu pai repetiu, conectada de um jeito que eu nunca consegui. Eu acreditei, ele disse, e me olhou nos olhos enquanto segurava a minha mão sobre a mesa.

A tua mãe insistiu que eu te contasse, eu não estava seguro, mas você já está grande, não é?

Baixei os olhos.

Naquele dia, ele continuou, fui até à farmácia, duas quadras, para comprar algumas coisas que faltavam para a viagem. Quando voltei, a minha esposa tinha afogado a menina na banheira e tinha se enforcado.

Eu lembro de todas as palavras, ou acredito que lembro de todas elas. Não teve nomes próprios: ele falou da filha e da esposa. Depois eu não disse mais nada. Meu pai pagou a conta, me abraçou enquanto saíamos do bar e dirigiu para casa em silêncio.

Revisitei aquela manhã várias vezes, recordei as palavras dele, seus gestos, e imaginei outras reações, todas as perguntas que não fiz. Meu pai nunca voltou a tocar no assunto. Ele tinha vinte e seis anos quando a filha morreu, a mesma idade que eu tinha quando soube que Luna ia nascer.

Meu pai tinha trabalhado de dez a doze horas por dia na loja de sua mãe, enquanto terminava os estudos à distância; mostrava com orgulho os estojos de duas medalhas que tinha ganhado durante o serviço militar. Depois de trabalhar em Boston com o pioneiro japonês que trouxe essa especialidade para o Ocidente, ele se dedicou à macrobiótica. Sofreu uma tragédia terrível e, em seguida, conheceu a minha mãe em uma empresa de alimentos que ele tinha aberto em Palermo. Seis meses depois, ela estava grávida de mim. Quando eu era pequeno, meu pai era psicanalista. Dez anos depois, trabalhava como terapeuta gestáltico e tinha começado a dar aulas na Europa.

Nunca o vi hesitar, não tinha medo.

Ele tinha praticado judô desde o ensino fundamental e tinha conquistado a faixa preta antes dos dezoito anos. No consultório, guardava o equipamento de quendo que tinha usado em uma apresentação no meu jardim de infância e um pequeno altar expunha duas catanas e estrelas ninja debaixo de uma mesa de vidro. Quando assistíamos a filmes de artes marciais, ele pontuava os erros: são atores, dizia, foram treinados por um coreógrafo. O único que sabe das coisas é o Steven Seagal, me explicava. Assistíamos *Nico, acima da lei*, *Justiça implacável*, *Decisão crítica* e *A força em alerta*, que era o meu favorito. Ríamos do Chuck Norris e do Van Damme.

Quando eu tinha seis anos, meu pai organizou treinos para mim e meus colegas de escola em um dojo deserto que ficava no subsolo de uma galeria na Avenida Alvear. Ele sempre insistiu que eu aprendesse a me defender. O sensei se chamava Fukuma e tinha sido mestre do meu pai. Nas sextas-feiras, um táxi passava pela escola para nos buscar e nós seguíamos disfarçados de caratecas até à galeria repleta de lojas de alta costura e de antiquários. Tinha uma confeitaria fechada e, bem no centro, uma escadaria em caracol que descia até uma academia escura, enorme e sem janelas. Tinha um velho, o Angelito, que acendia as luzes quando a gente chegava e que nos proibia de dar golpes nos sacos de boxe ou de correr pelos vestiários. Ele também vendia as garrafas de Gatorade para depois dos treinos. Fukuma aparecia pontualmente às cinco.

 De alguma maneira, não me lembro bem como, sabíamos que era preciso esperar por ele no tatame com piso de lona verde onde sempre fazia muito frio. A gente brincava, ensaiava golpes e os mais responsáveis sugeriam trotes ao redor do tatame para iniciar o aquecimento. Ao chegar, o sensei gritava algo que parecia uma ordem marcial japonesa deformada pelos anos, e nós nos ajoelhávamos em fila para repetir suas palavras, para saudá-lo com uma reverência antes de começar a aula. Fazíamos um sinal de respeito para o retrato emoldurado em bambu de um ancião japonês que ficava pendurado na parede e, depois de uma palmada seca de Fukuma, começávamos o alongamento. As duplas para os exercícios eram formadas conforme a altura. Um dos meninos era duas cabeças maior do que o resto de nós e todos o evitávamos porque, embora fosse um gigante bonzinho, ele era capaz de nos arremessar e de nos esmagar contra o tatame. Quanto a mim, sempre me faziam treinar com o Pablo, meu melhor amigo. O irmão dele treinava nas categorias de base do Atlético Nueva Chicago, mas os pais se queixavam que ele não estudava e insistiam que ele deixasse a base para jogar o interbairros e que se matriculasse em administração de empresas. Às vezes, a mãe do Pablo ia ver a aula e, quando acabava, ela improvisava poses como se estivesse em uma filmagem e resmungava frases rápidas, inventadas, substituindo erres por eles. Ela concluía com o que chamava de grito ninja.

Meu pai, por sua vez, apareceu só uma vez e observou em silêncio. Ele foi vestido de terno azul, gravata e sapatos marrons. Fez uma breve inclinação de cabeça para Fukuma, que o mestre não respondeu, e foi embora antes de terminar a aula. Eu tive vontade de vê-lo de quimono, com a faixa preta desgastada nas pontas, mostrando o que era capaz de fazer. Alguns de nós recebemos marcas coloridas em nossas faixas brancas: amarela na maioria dos casos, laranjada para o gigante. Com o passar do tempo e com a prática, era possível avançar pelas cores até chegar na preta, a mestria. Uma faixa que acompanhava o judoca até a sua morte. Perder a faixa preta podia ser uma tragédia, o meu pai tinha dito, e contou também de pessoas que mentiam e raspavam a faixa com uma chave, ou a esfregavam contra uma coluna, condutas indignas para disfarçar experiência. Eu olhava para o tecido branco da minha faixa, não tinha uma fibra fora do lugar, estava apenas escurecida pela sujeira, pelo pó do tatame, talvez um pouco de suor, e não deixava que a minha mãe a lavasse. Naquela noite, quando chegamos em casa, meu pai me explicou que os verdadeiros tatames eram feitos com cordas, que eu tinha sorte de treinar em cima daquelas lonas macias. Ele tinha treinado durante meses no Havaí, um curso intensivo para estudantes avançados no dojo da comunidade japonesa, disse. Tinha esfolado a pele das costas e dos braços, treinava com as plantas dos pés em carne viva.

Depois daquela noite, me esforcei para memorizar os nomes dos chutes e dos principais golpes: *O-soto-gari*, *Kosoto gari*, *Harai goshi*, *Uki goshi*, *Seoi nage*, *Morote gari*. Fukuma tinha nos ensinado a arrumar o quimono, a ficar sempre serenos no dojo. As aulas consistiam em ruídos de corpos caindo, suspiros, esforço e algumas risadas contidas. Uma vez, um menino tímido se machucou e teve que ir ao banheiro para enxugar o rosto. Muito de vez em quando, Fukuma propunha alguma brincadeira. Não eram divertidas, tinham regras e um ganhador. Às vezes, o sensei sorria ao anunciar o resultado. O gigante sempre ganhava, até que Fukuma propôs um exercício de resistência com os abdominais especiais que a gente sempre se queixava (pernas esticadas para cima, cabeça levantada, os braços perpendiculares ao corpo e golpeando o chão ao sinal do mestre) e o desafio era resistir. Nos deitamos pelo dojo e, quando um de nós cansava e baixava os braços, tinha que parar e ir se sentar lá no fundo. Depois de alguns minutos, até mesmo o gigante tinha desistido e apertava a mão contra a barriga. Quando a contagem chegou em cento e sessenta, ficamos só o Pablo e eu, um ao lado do outro. Os outros se aproximaram aos poucos e formaram um círculo em volta da gente. A maioria torcia por mim. Girei a cabeça e vi o rosto vermelho do meu amigo que inflava as bochechas cheias de sardas, o suor escorrendo pelos cachinhos crespos, e ri. A contagem chegou a cento e oitenta e ninguém falava. As minhas pernas queimavam e eu sentia a rigidez tensionando a nuca. Não queria continuar, pensei, tanto faz. Baixei os braços e me deitei, fingindo mais cansaço do que sentia.

Alguns anos depois, fui com meu pai a um shopping da zona norte. Era fim de semana e todos os pisos do estacionamento estavam lotados. Avançávamos em uma fila lenta, não tinha vaga. O último andar era descoberto. Se não tiver uma vaga aqui, a gente vai embora, ele disse, desafivelando o cinto de segurança para olhar para os lados, girando o corpo inteiro. Buzinava, grudava no carro da frente.

Subitamente, ele virou e nos metemos em uma das filas que estavam cheias de caminhonetes, com pessoas guardando as sacolas de supermercado no porta-malas e com carros esperando com as luzes de alerta acesas. Na metade do caminho, tinha um lugar livre que estava sendo guardado por uma mãe e uma menina. Elas estavam paradas entre as linhas brancas, em cima da vaga. Meu pai jogou luz alta, a mulher não se mexeu. Ele foi avançando lentamente, mas sem parar, e a mulher começou a recuar. Ela disse alguma coisa que não escutamos porque as janelas estavam fechadas. A mulher vestia uma saia muito curta, usava aparelho ortodôntico. Por fim, correu e ficou parada ao lado da minha janela. Doente!, ela gritou, batendo no vidro com a palma da mão. Meu pai puxou o freio de mão e nós descemos.

Doente de merda, ela repetiu, você não vê que eu estou com uma criança?

Ele não disse nada e começamos a caminhar em direção à entrada.

Agorinha mesmo eu vou contar pro meu marido, a mulher disse, você se acerta com ele.

Olhei o segurança do shopping, que de sua guarita assistia à cena.

O estacionamento é para carros, não pode reservar vaga, meu pai disse sem olhar para a mulher, e se o teu marido quiser que eu explique, eu explico isso para ele.

Caminhamos mais alguns metros até que um Peugeot vermelho com vidros fumê freou. Dele, saiu um sujeito com roupa de ginástica, óculos escuros e o cabelo raspado à zero. Eu nunca tinha visto alguém tão musculoso. A mulher começou a chorar. Tentou atropelar a gente, ela disse apontando em nossa direção, jogou o carro em cima de mim.

O homem nos mediu e contraiu os lábios; o pescoço, bem mais largo do que a cabeça, inchou com veias grossas.

Você jogou o carro em cima da minha mulher?, ele perguntou dando passos curtos, seu corpo enorme vindo em nossa direção, em cima da minha filha?

O segurança pegou o walkie-talkie e ajeitou o quepe.

Pedi que ela nos desse licença, estamos com pressa, meu pai disse, nem passamos perto dela.

O sujeito olhou para a esposa que chorava aos prantos e para a filha que se agarrava às suas pernas.

Tô pouco me fodendo, babaca, ele disse. Quer que eu arrebente você e o teu filho de porrada?

Não, meu pai disse.

Eu fiquei congelado. O sujeito se aproximava cada vez mais.

Alguém buzinou porque o Peugeot estava bloqueando o caminho. O homem ficou a menos de um metro, me encarou por trás dos óculos escuros e eu baixei os olhos.

Sumam daqui, ele disse.

Caminhamos por entre os carros em direção à entrada, as minhas pernas estavam bambas. Meu pai tinha competido em torneios de judô, tinha brigado milhares de vezes. Por que não fez menção de me defender? O medo, a raiva, eu me lembro, me faziam tremer.

Nos sentamos em um café, cobri o meu rosto e nem encostei no milkshake que ele pediu para mim.

Aquele cara nos ameaçou, eu disse.

Meu pai bebeu o café e insistiu que eu me acalmasse, que era melhor evitar problemas, que podia acabar preso se saísse brigando por aí. Com um sujeito grande daqueles, ele disse, tem que chutar os joelhos, quebrar as pernas. Teriam que chamar a emergência, a polícia.

Ele me segurou pelos ombros e eu não consegui olhar nos olhos dele: concordei com a cabeça algumas vezes e comecei a chorar. Fiquei assim por um bom tempo. Ele esperou, respirou fundo, acariciou o meu cabelo e pediu um segundo café, mais curto, um *ristretto*.

Eu tinha dezoito anos, tinha começado a faculdade de psicologia e saía com uma colega que tinha me convidado para passar um fim de semana nas terras da família dela, perto de Tandil. Por isso eu pedi o carro do meu pai emprestado e por isso fazia uma hora e meia que estávamos a caminho de General Rodríguez: a condição para o empréstimo tinha sido que eu aprendesse com ele as regras para dirigir na estrada. Guiar por grandes distâncias não é uma coisa trivial, ele disse, você precisa conhecer os tempos e os sinais do trajeto. Não posso deixar que, do nada, você faça mil quilômetros, esse carro precisa de alguns cuidados especiais.

A ideia era sair cedinho, comer alguma coisa em uma churrascaria e voltar. Meu pai tinha indicado o tipo de calçado que eu deveria usar e passamos por um posto de gasolina para verificar a água e o óleo e a pressão dos pneus. O carro era uma Mercedes pequenininha. Ela era parecida com outro carro manual qualquer, precisava fazer os mesmos movimentos com a alavanca – de primeira para segunda, de segunda para terceira –, mas não tinha embreagem: só tinha pedal de freio e de acelerador. Semiautomático, o meu pai dizia, uma caixa de marchas especial, você só precisa aliviar o acelerador e fazer as trocas com suavidade. Da próxima vez, ele disse, te ensino a reduzir, a frear com o motor, mas por ora você só precisa usar os pedais com critério e com cuidado. Falou do sistema ABS e da trava da direção. Disse para eu não encostar nos CDs que estavam na disqueteira e que só era para abastecer com gasolina aditivada.

Existem dias, momentos como aquele, que eu me lembro por completo, cada palavra e cada som. O desconforto com a posição de dirigir, o medo de errar. Ultrapassei um utilitário de placa velha que andava lento e ziguezagueava pela pista sem chegar a entrar no acostamento. Aumentei o giro do motor para anunciar a manobra e me certifiquei de que não vinha ninguém no sentido contrário. Enquanto fazíamos a ultrapassagem, meu pai e eu olhamos para o Renault azul com pintura desbotada e corroída pela ferrugem. Dentro dele tinha uma família: os vidros estavam abertos, as crianças pulavam no banco de trás e comiam biscoitos de um pacote enorme. No teto, tremelicava uma lona que deixava entrever sacolas, caixas de papelão e ferros que pareciam ser a estrutura de uma barraca, tudo amarrado com uma corda. O homem dirigia sereno. A mulher, deduzi, dormia: dava para ver a cabeça encostada no apoio e o seu cabelo era um emaranhado que dava voltas e cobria o rosto. Depois, dei sinal para mudar de pista e acelerei. O utilitário ficou para trás e se perdeu no espelho retrovisor.

O importante, disse meu pai, que enquanto eu dirigia tinha se limitado a dar algumas orientações e a me passar o dinheiro para pagar o pedágio, é que um dos dois esteja tranquilo.

Sorriu quando eu perguntei do que ele estava falando.

Da Majo, ele disse, de você.

Depois, se acomodou em seu banco e ajustou a saída do ar-condicionado: Esse aqui é o desembaçador, indicou um botão, e se quiser evitar o cheiro ou o escape dos caminhões, você aperta aqui para que o ar lá de fora não entre. Além disso, vai esfriar mais rápido.

Estava falando de estar tranquilo para fazer sexo, ele retomou subitamente. Um dos dois tem que estar tranquilo para que as coisas saiam bem na cama. Eu tinha treze ou quatorze anos, ele me contou, e uma mulher do bairro, uma vizinha casada com um técnico que trabalhava na Techint me dava aulas de inglês. Eu fazia os exercícios, estava progredindo. Uma tarde me esperou nua e foi ela que me ensinou. Passamos um verão inteiro juntos. Alguém acabou contando para o marido, porque um dia ele foi me procurar em minha casa. O meu pai tinha morrido em um acidente de avião alguns anos antes e não estava lá para me defender. O vizinho era enorme, ele também era italiano, e foi o meu irmão que saiu comigo até o jardim para enfrentá-lo. Brigamos feio. No final, o homem chorava. *Pietà, ragazzi*, ele pedia. Dava pena. Eu o ajudei a se levantar e ele me agradeceu em piemontês. Mas com aquela mulher eu aprendi muito, ela teve paciência comigo e acredito que ela dizia a verdade. É importante que você saiba: manter a calma é o mais importante para poder aproveitar.

Olhei e ele assentiu com a cabeça.

Vivi nessa cidade até ter quase a tua idade, meu pai disse, apontando para uma placa que indicava o desvio para Campana. Toda a população falava italiano, prosseguiu. Todo mundo gostava do meu pai. O Guido era um engenheiro que tinha começado a trabalhar com a família Rocca quando ainda morava na Itália. Tinha colaborado com o governo Mussolini durante o fascismo. Construía armas. Depois compreendeu as consequências do que estava fazendo, se arrependeu, daí o prenderam por sabotagem e ele fugiu de uma prisão iugoslava que era aliada do Eixo. Quando morreu, fizeram uma homenagem para ele na fábrica da Techint, isso que demoraram meses para encontrar o corpo e os restos do avião em uma floresta da Venezuela. Tinha viajado a trabalho para ver umas terras e montar uma fábrica por lá. Percebi que meu pai apertava as mandíbulas, estava emocionado. Depois disso, minha mãe conheceu o segundo marido dela, o Andrés, um policial, uma pessoa boa, apesar de rude, e fomos morar na capital com ele. Quando eu tinha a tua idade eu comprei o meu primeiro carro, um Renault Torino.

Sim, eu disse, você já me contou, não é?

Deslizava macio, ele disse. Fiquei com aquele carro por vários anos. Uma madrugada, no caminho para o litoral, aconteceu um acidente violento em uma rotatória, poucos metros à minha frente. Desviei, mas o carro perdeu o controle. O amigo que viajava comigo contou oito voltas, giramos como um pião, eu machuquei a mão e cortei a sobrancelha que bateu contra a direção. O carro parecia inteiro por fora, mas não funcionava mais. Ainda lembro de cada manobra das rodas do... Cuidado!, gritou subitamente, interrompendo a história.

Eu pisei no freio e o carro derrapou um pouco. Algumas luzes se acenderam no painel, senti o peso do corpo sendo lançado para a frente e o cinto de segurança apertando o meu peito.

Você está bem?, meu pai me perguntou, segurando a direção como seu eu não fosse capaz. Estávamos parados na estrada, no meio do nada, e eu olhava para os lados, atento ao perigo, tentando respirar.

Você precisa avisar quando for fazer uma manobra brusca dessas, ele me advertiu e acionou as luzes alerta. Por sorte, não vinham carros nem caminhões atrás da gente. Ele respirou fundo e arrumou o cabelo: você precisa prestar mais atenção, disse.

O que foi?, perguntei e minha voz soou estranha, esganiçada. Sentia o coração disparar e o meu pé tremia no acelerador.

Pode ter câmeras, ele disse, às vezes eles colocam radares nas pontes que cruzam a estrada, é sempre bom andar abaixo do limite de velocidade, pelo menos uns dez ou doze quilômetros. Achei que você estava indo muito rápido.

Quando éramos pequenos, nas viagens de férias para Punta del Este, meu pai usava um aparelhinho de plástico, do tamanho de uma fita cassete, que soava e emitia luzes coloridas quando entrava na frequência dos radares da polícia. Ele o deixava perto do freio de mão e o escondia no porta-luvas quando via os patrulheiros. No fim, eles o encontraram em uma blitz no caminho de volta para o Buquebus, e para que nos deixassem seguir viagem, meu pai teve que entregar o aparelho e todos os dólares que tinham sobrado das férias.

Pedi desculpas e flexionei os pés antes de voltar a passar terceira, quarta e quinta. Ele abriu o estojo de CDs e procurou por algo durante um tempo, mas acabou não escolhendo nada.

Para onde você vai viajar com a Majo?, me perguntou.

Para Tandil, respondi.

Estávamos indo comer em um lugar que ficava perto de Luján, uma vila ferroviária por onde já não passava mais trem, mas que tinha sido reformada e convertida em uma espécie de polo gastronômico: a praça central estava cercada por quiosques e churrascarias. Um paciente do meu pai tinha recomendado o restaurante de um cozinheiro famoso, onde se podia comer a melhor carne do lugar. Carlos Keen, meu pai ficava repetindo. Dávamos voltas por estradas secundárias sem sinalização. Em silêncio, passamos por extensas plantações, caminhos de cascalho e de terra batida, avistamos vacas que atravessavam o pescoço pelas cercas de arame farpado e que mastigavam sob o sol enquanto levantávamos poeira. Não conseguimos encontrar o lugar. No fim, entramos por um caminho asfaltado e paramos em um posto de estrada.

Teu pai te ensinou a dirigir?, perguntei enquanto acessava o acostamento para entrar em um desvio que levava até um terreno elevado ao lado da churrascaria.

Estacione naquela sombra, ordenou, mas não pare embaixo dos galhos porque cai uma resina que destrói a pintura.

Escolhemos uma mesa na parte de fora, sobre o gramado. Era um lugar pequeno, parecia ser atendido pela família que vivia na casinha que ficava ao lado. Uma menina nos levou toalhas de papel e dois copos diferentes. Depois levou os talheres e disse que voltaria para anotar o pedido.

Sim, meu pai disse olhando o copo contra a luz, o Guido me ensinou alguma coisa, mas quando ele morreu eu mal alcançava os pedais. A gente dava voltas pelo quintal da nossa casa. Uma vez ele me deixou dirigir até à rua e minha mãe correu, gritando escandalizada que aquilo era um crime, um perigo, apesar de não ter ninguém na calçada e de eu não ter passado de dez quilômetros por hora antes do carro frear bruscamente. Ela o tratava mal, e ele, por algum motivo, deixava.

Meu pai abriu a capa do celular e olhou a tela por um instante antes de voltar a fechá-la com um plaf.

Você tem fotos do Guido?, perguntei. Os álbuns em nossa casa começavam com imagens do primeiro apartamento onde meus pais viveram e uma série extensa na qual eu aparecia bebê enquanto me davam banho em um tacho.

Ele olhou para o carro e depois olhou para mim.

Minha mãe queimou tudo, disse. Uma vez pedi algumas fotos para o meu irmão Claudio porque sabia que ele as tinha guardado, mas ele não quis me dar. A minha mãe era complicada e o meu irmão era parecido com ela em tudo. Os dois são complicados. Você conheceu a Virginia quando era pequeno, acho que você tinha uns dois anos na última vez que ela te viu. Você ficava desesperado quando ela te segurava. Não sei como explicar, ele disse levantando os olhos enquanto observava a garçonete se aproximar, talvez alguma coisa relacionada à energia dela te incomodava. Você se contorcia e ficava roxo e logo que ela ia embora você dormia esgotado de tanto chorar.

A mulher parou do nosso lado com uma caderneta e perguntou se queríamos churrasco com batata frita para dois.

O que você tem de bom?, o meu pai quis saber.

Tudo, ela respondeu.

Todos sorrimos.

Vocês têm vinho?, ele perguntou.

A mulher respondeu que sim e começou a recitar a lista. Talacasto, Vasco Viejo, Caballo de Troya e achava que tinha sobrado uma garrafa de Valmont, mas tinha que dar uma olhada. Meu pai fazia caretas enquanto escutava os nomes: arqueava as sobrancelhas, ria. No fim, disse para ela não se incomodar e pediu uma Seven Up.

Enquanto comíamos, ele me contou que a mãe odiava o italiano e tinha proibido que falassem naquele idioma dentro de casa. Então, Guido ia escondido com ele para o jardim ou saíam para passear de carro e cantavam juntos canções de quando ele era jovem em Roma e Gênova. Meu pai sorria enquanto fazia força para cortar um pedaço de carne.

Na volta, me mostrou a caixa de ferramentas no porta-malas e, sem abri-la, descreveu algumas peças: disse que era para chamar o auxílio mecânico do seguro se tivesse algum problema. Depois, voltamos para a Estrada San Martin e ele colocou um disco duplo do George Michael. Me emprestou seus óculos escuros e disse que eu tinha que voltar sem nenhuma orientação, que aquilo seria o mais próximo à experiência que eu teria a caminho de Tandil. Dormiu e só acordou quando entramos na capital. Eu voltei com as mãos suadas, desliguei a música e verifiquei os espelhos várias vezes, dirigi nervoso, atento a todas as placas, ficava imaginando radares e multas. Enquanto eu estacionava, ele disse que eu tinha ido muito bem, que tínhamos que ter feito aquilo antes. Ele disse que, talvez, em outra oportunidade, podíamos convidar o meu irmão para irmos os três homens da família juntos visitar o monumento em homenagem ao Guido que ficava dentro da fábrica da Techint, em Campana: tinha uma placa na entrada principal e, ele acreditava, um busto na sala de reuniões da diretoria.

Meu pai nunca tinha feito terapia nem análise, não ia ao médico nem tomava remédios. Durante o tempo em que se dedicou à macrobiótica, quando se sentia mal, ele se trancava no banheiro. Eu o escutava fazer gargarejos, respirar, dar a descarga mil vezes até que saía e dava alguma orientação para a minha mãe: raízes de bardana descascadas e fervidas durante vinte minutos; uma semana de triguilho sem sal nem azeite; o suco de oito limões recém espremidos e sem coar.

Quando virou psicanalista, ele comprou alguns quadros, atapetou o consultório onde antes recebia os seus pacientes da macrobiótica, apagou o nome "Centro George Oshawa" da placa que tinha na porta, embora tenha deixado a flor de lótus que usava como símbolo. Também acomodou os três tomos da obra completa de Freud em uma mesinha que ficava ao lado da poltrona onde atendia. Uma tradução espanhola velha, feita no começo do século XX por López-Ballesteros, um germanista que, mais tarde, eu descobri que não era lido na faculdade de psicologia. De qualquer maneira, eram livros bonitos. Tinham as bordas das folhas revestidas em dourado e o texto era disposto em duas colunas com letra microscópica. Naqueles anos, meu pai começou a comprar os romances de Irvin D. Yalom e a falar das resistências e dos sintomas que atravessavam o corpo. Durante o jantar, nos contava histórias dos seus pacientes: mulheres que se apaixonavam por ele, homens que agradeciam a sua ajuda com admiração.

Foi a época em que passávamos os verões no Uruguai. Meu pai viajava uma parte da semana para atender em Buenos Aires. Sempre voltava com presentes comprados no free shop. Muitas vezes ele chegava na praia sem trocar de roupa e com sacolas cheias de legos e de lápis de cor. Outras vezes, chegava de sunga, sorria para o meu irmão e para mim e se jogava de ponta na espuma das ondas antes de nos abraçar.

Lembro de que a primeira vez que escutei meu pai falando de Gestalt foi em um dos jantares que minha mãe organizava a cada vez que ele voltava. Convidava os conhecidos, os pais dos amigos que o meu irmão e eu fazíamos depois de passar, ano após ano, um mês e meio do verão no mesmo lugar. Ela nos disse que, embora não fosse uma reunião para crianças, poderíamos comer com os adultos. Fomos com ela para fazer compras em uma mercearia italiana que tinha em Punta: azeitonas, marzipã, presuntos parma e muitos tipos de queijo. Perto do porto, compramos mexilhões e polvo. À noite, voltamos cedo da piscina, tomamos banho e vestimos roupa nova para esperar pela hora do jantar. Os convidados apareceram bem-vestidos, trazendo bebidas e chocolates importados. Meu pai tinha colocado um disco do Chet Baker e a empregada serviu a entrada no terraço. Estavam os tios do meu amigo Fede, Nora e o seu marido Osvaldo, que tinham deixado os filhos com a babá, também um casal de conhecidos de minha mãe que tinha casa em Punta e uma vizinha com o seu marido. Nora era paciente do meu pai fazia tempo, o presenteava com quadros enormes que pintava com traços grossos e cores fluorescentes, ela era chilena e filha de um senador. Não do Pinochet, meu pai brincava quando falava dela. Ele também contava que o marido dela era homossexual e tinha um amante, um homem jovem com quem passava a semana. Eles me cumprimentaram com dois beijinhos. Quando se afastaram, meu irmão fez uma cara debochada. Depois, chegou o meu primo Gastón com a namorada e outros dois casais que também ficavam no nosso prédio.

    Teve um brinde e eu bati meu copo de água tónica contra as taças de cada um. Eu escutava as conversas dos adultos, meu pai contava piadas, os convidados riam. Ele era o mais elegante, vestia uma camisa com mangas arregaçadas, calças claras e usava mocassins sem meias.

Em um dado momento, a namorada de Gastón interrompeu o relato dele. Dava para ver o biquíni por baixo do vestido e o seu cabelo estava descolorido pelo sol.

Eu quero ser psicóloga, ela disse, e essas coisas que você está dizendo me parecem sensacionais, você estudou na Universidade de Buenos Aires?

Meu pai descruzou as pernas e colocou a taça sobre a mesa.

Eu sou biólogo, ele respondeu, e minha mãe levantou os olhos para observá-lo. Estudei na Alemanha, antes da queda do muro, provavelmente você era bem pequena. Trabalhávamos com histologia e depois estudamos a correlação entre a alimentação dos mamíferos e o desenvolvimento do câncer.

Até aquele momento eu não sabia que o meu pai tinha estudado biologia e acreditava que ele tinha estado apenas alguns meses na Alemanha.

Gestalt, que é o que eu faço, não é apenas psicologia, meu pai explicou, como voltaria a fazer muitas vezes nos anos seguintes. Da mesma maneira que acontece com a psicanálise, às vezes os melhores são filósofos ou escritores, às vezes médicos como o próprio Freud. Ou biólogos.

Entendi, a moça disse, então você sugere que eu faça medicina e psiquiatria?

Minha mãe anunciou que ia buscar mais garrafas na geladeira, foi para a cozinha e não voltou a aparecer até que os convidados começaram a se despedir.

Anos depois, quando eu ainda estava na universidade, ele me convidou para acompanhá-lo em uma de suas viagens à Itália. Por aquela época, ele dava aulas em uma pós-graduação em Gestalt e tinha aberto um consultório em Veneza. Faltei duas semanas de aula durante o mês de setembro. Passamos os primeiros dias em Roma, depois fomos para o sul: Palermo, Siracusa e, no final, alguns dias na casa de uma amiga em uma praia da Sicília onde ele daria uma conferência. O verão europeu estava chegando ao fim, o mar continuava quente e tranquilo. Tomamos banho de mar, comemos granitas e bebemos cafés na praça principal. Enquanto ele participava de reuniões, eu ia à praia. Naquela casa, dividíamos o quarto de hóspedes que ficava na parte dos fundos, atravessando um átrio de calçada azul. Não tinha ar-condicionado, apenas um ventilador de coluna. À noite, deixávamos as janelas abertas para que entrasse um pouco de ar fresco. Ele roncava no calor daquele quarto, a cama dele tão próxima da minha que eu não conseguia dormir. Eu me revirava nos lençóis empapados de suor, lia até bem tarde e acordava por volta do meio-dia.

Na última madrugada que passamos lá, um ruído vindo da rua me fez acordar, uma moto que passou a toda a velocidade. Entrava um pouco de luz pela janela. Eu estava com muito sono, virei sem estar completamente desperto e vi meu pai deitado com uma bermuda de pijama que ele tinha comprado no aeroporto de Milão, uma mão imóvel por baixo do elástico e o dorso desnudo. Tinha os olhos abertos, fixos no teto. Estava bem penteado, com o cabelo para trás, e dava para ver a pele brilhante do seu nariz. Fiquei assustado, o peito não se mexia, ele não piscava. Por um instante, procurei por movimentos em seu rosto, algum sinal de vida. Imaginei a pele fria, um corpo que já não era mais ele. Subitamente ele moveu a cabeça e olhou para mim. Eu fechei os olhos, fingi dormir.

Naquele dia ele tinha que dar uma aula para os professores e para os alunos mais avançados da pós-graduação onde trabalhava. Tinham reservado uma sala de reuniões no maior hotel do balneário e o lugar ficou cheio de gente para escutá-lo. Algumas pessoas tinham viajado de outras cidades, uma equipe filmaria tudo.

Fiquei sentado na parte de trás, perto da porta. Meu pai vestia uma camisa nova e um terno cinza, de tecido muito leve, que absorvia a luz do projetor por onde era projetada a apresentação em PowerPoint que ele tinha preparado durante o voo de ida. De qualquer maneira, ninguém olhava para a tela. Falando um italiano perfeito, ele relatava sessões com seus pacientes, falava de Freud, dos limites da psicanálise, sorria e gesticulava, permitia que fizessem perguntas e pensava detidamente antes de responder. Ao concluir, fez uma pausa, abriu uma garrafa de San Pellegrino que tinham deixado ao lado da mesa, serviu duas pedras de gelo com os dedos, bebeu um gole demorado e poliu uma ideia que parecia demandar um grande esforço para ser formulada com precisão. Ele brilhava. Depois, juntou as mãos na altura do peito para agradecer. Todos aplaudiram.

Naqueles anos, antes do nascimento de Luna, eu ia visitá-lo seguidamente em sua casa. Ele preparava a comida enquanto Mariana ajeitava a cozinha ou levava os cachorros para passear. Depois do jantar, ele me oferecia um copo de whisky. Trazia garrafas de todas as suas viagens, os pacientes o presenteavam com caixas, apresentavam marcas novas, pequenas produções escocesas, irlandesas, um ou outro *single malt* japonês. Ele bebia todas as noites, enchia um copo grande com gelo e servia até a borda. Eu o acompanhava, mesmo quando era meio de semana. Hoje percebo que eu aguardava por uma conversa. Ele me contava dos países que visitava, das aulas, anedotas sobre os pacientes novos. Às vezes se levantava e voltava com uma sacola cheia de camisas novas, sapatos que não queria. Guardei toda aquela roupa durante anos, as marcas caras que me incomodavam, as gravatas e os cintos que eu não pensava em usar. Em cada peça, dava para perceber a diferença entre os nossos corpos, o colarinho folgado e as calças que sobravam em minhas pernas. Eu tomava um segundo copo e eventualmente chegava a um terceiro. Ele podia continuar. A voz não ficava enrolada, nem dizia coisas incoerentes, olhava do jeito de sempre e falava das mesmas coisas. Tentava batê-lo, esperava que perdesse o controle, mas no final era eu quem ia embora embriagado.

Uma vez, meu pai contou de uma úlcera que teve quando jovem, mas em todos os anos que passamos juntos, ele jamais adoeceu. Não pegou um resfriado sequer quando meu irmão e eu voltávamos do jardim tossindo, com gripes terríveis, não pegava piolho durante os anos de vinagre e pente fino no cabelo, nem se intoxicou na ocasião em que comemos mariscos no aniversário do tio Daniel e toda a família passou uma semana tremendo de febre. Nunca deixou de ir ao consultório, nem cancelou uma sessão com os pacientes, nunca deixou de sair cedo pela manhã e voltar tarde à noite. Lembro do corpo dele, da firmeza de sua pele que sempre parecia macia. Tinha as costas cheias de sardas, o sol não o queimava. Na praia, usava óculos Ray-Ban que ficavam guardados em um pequeno estojo e mandava a gente se besuntar de protetor solar. Meu irmão Martín e eu éramos brancos, pálidos. A nossa pele jovem estava pronta para ser curtida, exposta à areia, ao vento. Nunca o vi fazendo exercícios, mas ele nunca engordou. Depois de alguns anos bebendo como bebia todas as noites, deixou crescer uma barriguinha dura, e quando apareceram as primeiras manchas no rosto, não foi ao dermatologista indicado por um amigo: descobriu que ácido glicólico queimava as camadas de pele mais superficiais. Ficava horas trancado no banheiro com seus cremes, o ácido e o óleo. Passava os dias seguintes enrolado em faixas e gases. Teve vezes que ele se excedeu com o ácido e apareceu ferido, com queimaduras profundas. Então demorava mais para se recuperar. Mas o fato é que depois de um tempo as manchas desapareciam.

Como ele conseguia? Talvez aquele vigor desaparecesse com o tempo, o fígado inchado e endurecido o pegaria de surpresa e deixaria sua pele amarelada, um colapso generalizado daria fim à sua vida antes que a ambulância chegasse ao hospital. Eu o observava beber, nós dois sozinhos, sentados na sala de jantar escutando uma rádio de jazz que ele tinha acabado de descobrir, e eu imaginava que por trás do seu rosto, dos olhos claros, do cabelo ainda abundante que apenas começava a formar entradas elegantes, existiam tecidos se rebelando, tramando uma vingança que seria como um gêiser, pronta para aflorar e terminar com tudo para sempre.

No dia seguinte, ele se levantava e tomava um banho muito quente, bebia café da cafeteira francesa e caminhava a mesma quantidade de quadras que o levariam à minha casa, mas no sentido contrário, até chegar ao seu consultório. Lá ele tinha sua poltrona e as duas estantes de livros, a maior parte de desenho e decoração, vários sobre templos e casas japonesas, jardins zen e catálogos de mostras do MoMA e da Galeria Tate, de Londres. Tinha um aquário com peixes delicados e um pressurizador que não deixava faltar oxigênio, telas pintadas por pacientes famosos, uma foto em preto e branco do japonês que tinha inventado a macrobiótica, certificados de cursos e de conferências em congressos de Gestalt em diferentes países e, emoldurado sobre a poltrona onde ficava sentado, o meu diploma universitário.

Nos meses que se seguiram à noite do acidente com os cachorros, nos encontramos pouco. Meu pai viajou para a Europa a trabalho. Quando voltou, me escreveu uma série de mensagens de WhatsApp:

Como você está, querido?

Queria te dizer que estou orgulhoso da família que você construiu.

Mas tenho uma coisa importante para você.

Urgente.

Deixei um envelope na tua casa.

Mandei fazer o mapa astral de Luna. Encomendei o trabalho com um mestre, um homem que faz a minha revolução solar todos os anos. Ele gravou uma mensagem de voz comentando o mapa. Também está dentro do envelope.

Já escutei.

Queria que você escutasse logo, o quanto antes.

Ma non dire niente a Julia. Pelo menos por enquanto.

Abraço.

"Srta. Luna", dizia o envelope em letra de forma, escrita com pincel atômico. Dentro tinha um CD e um diagrama circular com os planetas e as linhas traçadas com lápis de cor.

No dia seguinte, arranjei um reprodutor de DVD para o computador, esperei que Julia e Luna dormissem e coloquei os fones de ouvido.

Você não é uma pessoa com uma alma, mas uma alma com uma pessoa e agora você vai descobrir a diferença. Faremos um pacto de amor entre o teu ego e a tua alma, dizia a voz do astrólogo. Ele soava rouco, velho, potente. Uma voz segura que vibrava nos meus ouvidos. Prometia revelar tudo durante a hora mágica que se seguiria.

Como pano de fundo, dava para escutar o canto distante de uma baleia ou de um golfinho. A voz do astrólogo disse uma data e uma hora, correspondentes ao nascimento da minha filha. Então começou a falar com Luna. *Olá, alma leonina*, disse. *Leão*, repetiu. *Com apenas alguns meses de idade já se pode estabelecer um contato, que neste caso acontece graças a intermediários, porque às vezes existe na família* (pausa, grunhido) *uma pessoa desperta, alguém consciente de que, entre as raças muito sábias, a primeira coisa que se fazia quando um bebê nascia era estudar o seu mapa cármico. Então vamos agradecer a essa pessoa*, dizia.

Os pais são o destino escolhido pelos filhos, continuou. *E insisto, porque você vai desenvolver um caráter cada vez mais impulsivo, desmedido: existem algumas situações mais à frente, quando você for adolescente, nas quais vão acontecer alguns atritos. Não vai ser fácil.*

Falou de um homenzinho nervoso que Luna trazia dentro dela, de como ele podia provocar muitos danos. Dizia que juntos iam tentar anulá-lo. Depois, respirou profundamente e o ar circulou por um nariz congestionado, como se fosse de um fumante.

Aquela energia resultaria em insônia e em tensões ao longo da vida, a voz dizia, e eu lembrava de Luna berrando, incapaz de se acalmar com passeios, com o peito ou com as mamadeiras, odiando o seu berço.

Mas faço essa advertência em especial, o astrólogo continuava, *porque essa energia de muitas vidas é a mesma que pode resultar na tendência em atrair homens complicados para caminhar ao teu lado. Companheiros e relações difíceis.*

Tentei imaginar os homens e mulheres com quem a minha filha se encontraria. Os tipos de complicação que experimentaria.

A voz falou para Luna da sua tendência em vidas passadas para ser o seu próprio inimigo. *Capaz inclusive de machucar a si mesma*, disse.

Fiquei assustado. Uma filha difícil. Uma força indomável, a ira, a determinação. Como aquele mal presságio era possível se Luna tinha apenas sete meses? Enquanto escutava aquela imprecação, pensava em uma Luna com traços inventados, adolescente, inacessível. Como eu poderia educar a minha filha, como zelar de uma menina em um mundo de filhos homens, de agressões, de castigos, como protegê-la de tudo que estava por vir? Eu pensava na filha do meu pai, sem nome. Qual teria sido o destino assinalado no seu mapa astral? Será que ele antecipava o seu fim? Imaginei meu pai correndo, chegando tarde para salvá-la, o esforço impossível. Seguramente tinha sido ele quem a retirou da água e sentiu o seu corpo frio ao abraçá-la.

Agora já sabemos como escutar o mapa, a gravação prosseguiu. *Mesmo que estejam semiacordadas, o som produz nas crianças uma mobilização do subconsciente, inclusive o caráter vai sendo modificado enquanto esse áudio fala da fraternidade e da amizade como maneiras de celebrar a vida. Família*, a voz pontuou: *Luna precisa escutar esta mensagem todas as noites.*

A voz disse que peixes estava bem-posicionado, que minha filha tinha um desenvolvimento incomum da glândula pineal.

Eu não sabia o que era a glândula pineal. De acordo com o astrólogo, isso implicava em uma capacidade criativa superior, *vidência, clarividência*.

Aquele homem fumava? Estava fumando enquanto fazia a gravação? Durante as pausas, tentei escutar a baforada, a tragada, o barulho das cinzas.

Fundamental para o teu próprio destino, uma coisa que eu não queria que soasse como sugestão negativa, é que Buenos Aires aparece de uma maneira muito desarmônica para você. Tome muito cuidado com as amizades porque você pode atrair más-companhias que vão provocar conflito com teu papai e tua mamãe, principalmente durante a adolescência.

Anotei essa frase.

O Hemisfério Norte também não aparece de maneira muito promissora. Favorável, ao contrário, seria o Hemisfério Sul, mas distante da tua cidade natal. Um lugar onde transmutar o karma e obter mais proveito das virtudes.

Depois, o astrólogo falou das capacidades maternas da minha filha, regidas pelo ascendente em capricórnio, disse que em encarnações passadas ela tinha cuidado de crianças que sofriam no extremo Oriente.

Teus avôs, do ponto de vista masculino, aparecem com uma segurança, uma estrutura, uma disciplina, uma capacidade de ação que são incomuns. Dessa herança, com concentração e método de trabalho, você pode obter meios valiosos para o teu próprio crescimento. Para que isso aconteça, perceba que você escolheu avôs evoluídos, com quem há muito o que aprender. Isso também é destino.

E é nas dificuldades com o masculino que você vai poder usar a herança dos avôs como ponto de apoio, como base para procurar uma harmonia possível com todas as coisas.

A gravação terminava com a voz diluindo-se no barulho das ondas, algumas gaivotas soando tênues à distância. Enquanto escutava, tinha tomado páginas e mais páginas de anotações. Aquela que a voz do astrólogo apresentava era outra filha, mas ela se sobrepunha à minha. *Tendência para se machucar* dava voltas em minha cabeça. A impulsividade, os homens e os relacionamentos autoritários, a importância dos avós.

Quem era o astrólogo? Será que meu pai tinha encomendado um lugar no destino da minha filha?

Joguei o CD no lixo, bem no fundo do cesto, debaixo das verduras passadas e das tampas de iogurte para que não fosse visto. Eu o enterrei e depois liguei para o meu pai. Insisti: duas, três, quatro chamadas. Caía no correio de voz. Eu desligava e voltava a tentar até que ele atendeu.

Meu querido, ele disse, com voz preocupada.

Você é um babaca, gritei. Um babaca, repeti.

Ela vai ser uma menina difícil, filho, vai precisar de muito cuidado, ele disse, nunca tinha escutado algo parecido.

Fiquei mudo.

Me desculpe, ele disse.

Olhei o mapa sobre a mesa, as linhas coloridas que ligavam os planetas e delimitavam um destino.

Não sei o que fazer, eu disse. Não queria chorar: tinha planejado dizer vários desaforos e agora não sabia como agir. Está difícil com a Luna, disse, tenho medo, é demais para mim.

Meu filho querido, ele respondeu, fique calmo, você não está sozinho, eu vou te ajudar, vamos cuidar dela juntos.

Quero conversar com você, disse. Tenho muitas perguntas, muitas dúvidas. Quero que você me conte da tua filha, da história dela e da minha, de como foi a morte dela para você.

Ficamos em silêncio. Olhei a tela do telefone para ver se a chamada tinha sido interrompida, mas os segundos continuavam correndo, ele estava lá.

Claro, meu pai disse, fique calmo, insistiu, tudo vai ficar bem. Antes de desligar, combinamos um encontro.

No dia seguinte, fui ao café onde marcamos, mas ele não apareceu. Caminhei até o consultório dele, toquei a campainha. Nada.

Nos dias que se seguiram, fui à casa dele, liguei várias vezes, mandei mensagens que ele lia, mas não respondia. Tentei o telefone de Mariana, mas ela também não atendia. Liguei para o meu irmão Martín para perguntar se ele tinha notícias, mesmo sabendo que fazia tempo que eles não se falavam. Dias depois, enquanto esquentava a mamadeira de Luna, Julia perguntou pelo meu pai. Disse que tínhamos discutido. Respondi rápido e pensei que, embora fosse verdade, me tornei responsável por parte da culpa, como se a distância tivesse sido algo combinado entre nós. Talvez seja melhor deixar passar algumas semanas, disse, para que as coisas esfriem. Ela não perguntou o motivo da discussão, assentiu algumas vezes, experimentou a temperatura do leite em seu braço e foi para o quarto.

Depois de alguns meses, deixei de insistir. Embora vivêssemos a poucas quadras de distância, nunca nos cruzamos. Quando viajamos para as serras e Julia gritou assustada por causa do pássaro, fazia dois anos que eu não tinha notícias dele.

Segunda parte

Um homem desperta no meio da noite

O chalé que aluguei com Julia ficava longe da casa dos proprietários, tinha uns cem metros de bosque, mato, desníveis e pedras. Não os víamos e os barulhos que eles faziam não chegavam até nós. Eram de Buenos Aires, tinham aproximadamente quarenta anos e um filho que procurava por Luna com tanta determinação que ela se assustava. Uma tarde, na hora da sesta, ele abriu a porta da varanda e tocou o meu pé para me acordar. A menina está descansando?, perguntou. Depois pediu que eu o acompanhasse até sua casa, tinha medo dos bichos que saíam do mato. Vi uma jararaca, disse.

Os dias seguiam o ritmo do verão. Acordávamos devagarinho com a luz que começava a bater nas cortinas às sete da manhã, o calor da hora da sesta era insuportável e nos deixava à mercê dos ventiladores e da sombra até que as primeiras brisas abrandassem a tarde. Quando refrescava um pouco, caminhávamos pelas pedras no leito do riacho. Luna levava o ursinho, desenhava na terra com um galho, apontava formigueiros e, depois de um tempo, pedia colo para seguir adiante. Na volta, mergulhávamos na piscina e preparávamos o jantar na varanda. A claridade se mantinha no contorno da montanha até perto das dez horas.

Uma noite, enquanto Luna perseguia um vagalume pelo gramado, escutei alguma coisa se mexendo entre as árvores.

Olhei na direção da penumbra e o barulho parou. Quando dei as costas, as folhas voltaram a se agitar. Luna me perguntou o que estava acontecendo. Mandei que ela entrasse e prestei atenção. Procurei pelas luzes da casa dos proprietários e verifiquei meu telefone que, como sempre, estava sem sinal. Pela janela, via Julia cozinhando e Luna mostrando para ela um dos desenhos que tinha feito naquela manhã.

Cachorro!, gritei em direção às árvores.

Pisei com força e bati o pé no chão, aproximando-me devagar.

Como não encontrei galhos grossos, peguei uma pedra. O barulho parou. Dei outro passo na direção das árvores, ajustando o olhar, tentando encontrar alguma coisa. Nas serras, cachorros sem dono circulavam pelas trilhas e subiam até o cume. À noite, eu escutava os latidos, mas eles nunca tinham se aproximado tanto do nosso chalé.

Passa!, gritei e vi movimento em um arbusto. Acendi a lanterna do celular e apontei para um lugar que ela não conseguia iluminar. Servia para que pudessem me ver, pensei. Então atirei a pedra contra as folhas, corri para casa e fechei a porta corrediça com a tranca. Na cozinha, Julia me olhou querendo saber o que estava acontecendo. Disse para ela que estava tudo bem.

Naquela madrugada, choveu. O telhado de alumínio ressoou como fritura. Os relâmpagos iluminavam o quarto por entre as cortinas de palha. Luna se remexia em sua cama. Em um dado momento, bateu a cabeça na parede, mas continuou dormindo. Várias vezes me aproximei da janela, olhando a escuridão. Fiquei acordado, escutando a tempestade e os barulhos da casa até o amanhecer.

Na noite seguinte, depois do jantar, arrumamos as malas, enrolamos um par de xícaras e uma cuia de cerâmica que tínhamos comprado na feira com várias camadas de roupa suja, acomodamos as garrafas de azeite de oliva orgânico e os potes de conservas em uma caixa de papelão, e guardamos os livros, os cadernos e os brinquedos em bolsas. Como eram quase doze horas de viagem até Buenos Aires, saímos cedo, com Luna dormindo em sua cadeirinha de bebê. Percorremos a parte mais alta das serras quando amanhecia. Julia ia preparando o mate e a música tocava baixinho. Ela olhava em frente, de esguelha eu a observava servir a água com cuidado, antecipar as curvas que se aproximavam, os carros lentos, a paisagem de pedras e de pastos amarelos que se descortinava com o sol.

 Tirei uma mão do volante para fazer carinho em seu rosto. Ela apertou minha mão entre o pescoço e o ombro. Jogou um beijo no ar sem deixar de olhar para a estrada. As montanhas tinham ficado para trás e víamos apenas a planície. Toquei sua perna e percorri a coxa com os dedos até alcançar a bermuda. Julia se acomodou e me disse que à noite Luna dormiria cedo, que teríamos tempo, que eu devia prestar atenção na estrada.

Tinha conhecido Julia no aniversário de um colega que trabalhava comigo no hospital. Ela chamou a minha atenção assim que entrei no apartamento: usava um vestido de algodão cinza bem justo e, sentada no descansa-braço da poltrona, bebia uma garrafa de água. Dei voltas pela sala, deixei as garrafas que tinha levado na geladeira e, antes de me aproximar para conversar, preparei uma bebida. Ela também tinha estudado psicologia, só que em Mar del Plata. Sorria e prendia o cabelo em um coque sem presilha que se soltava o tempo todo. Era natural de Balcarce e me contou que tinha chegado na capital fazia alguns meses para cursar um mestrado em gestão de políticas públicas. Não gostava de trabalhar com pacientes em consultório, nem gostava de Buenos Aires, e esperava regressar assim que terminasse o curso, trabalhar nos bairros de periferia da sua cidade, havia muito para fazer. Falou de assentamentos e precariedades, de prefeitos inescrupulosos e crianças envenenadas por pesticidas, amontoadas em casebres. Naquela época, ela ainda fumava e eu acendi um cigarro para acompanhá-la ao lado de uma janela aberta. Na mesma noite, fomos para a minha casa. Nunca estive com alguém como ela, lembro de ter pensado em algum momento, do seu corpo, de tocá-lo, do seu cheiro. Transamos até pegarmos no sono e contamos coisas um para o outro. Continuamos na manhã seguinte. Passamos o resto do fim de semana juntos. Depois de um mês, mandei fazer um molho extra de chaves. Ela deixou a quitinete que dividia com uma prima mais nova, caloura na universidade, e foi morar comigo.

Alguns meses depois, me convidou para passar as festas de fim de ano em Balcarce. O pai, ela me contava, não pisava em Buenos Aires nem em sonho e a mãe escrevia mensagens todas as noites para saber se tinha chegado bem em casa. São muito católicos, tinha dito também, meu pai trabalha sem parar e alguns fins de semana eles vão ao cinema, ou assistem a uma peça de teatro, e jantam em Mar del Plata.

O pai de Julia era empreiteiro em uma região monocultora, habitada por famílias de arrendatários. Ele tinha montado uma empresa pequena, uma equipe de dois ou três empregados, isso dependia da época do ano, mais os tratores que estacionava no galpão ao lado da sua casa. Durante a debulha, trabalhavam sem parar, percorrendo as plantações da região: a colheitadeira avançava devagar, despejando os grãos nas tremonhas, de onde seguiam direto para os caminhões que faziam o transporte. À noite, em meio a poeira, as luzes e as estrelas são especialmente bonitas, Julia me contava, todas as máquinas rugindo e rompendo o silêncio. O pai dela passava aqueles meses em um trailer que se deslocava seguindo as colheitas de sol a sol. Às vezes, Julia acompanhava a mãe levando comida e térmicas de café, e ele a deixava entrar um pouco ou escalar as rodas gigantes do trator. Depois vinha a semeadura, os ciclos de cada cultivo entre julho e agosto, meses nos quais não se fazia absolutamente nada: apenas permanecer no galpão, cuidar da manutenção das máquinas, falar do clima, dos milímetros de chuva, reclamar dos impostos.

Fizemos aquela primeira viagem para Balcarce em um micro-ônibus que parava em todos os povoados ao longo da Autovia Juan Manuel Fangio. A cada quarenta minutos, se ouvia o barulho do freio e algum passageiro que arrumava suas coisas e atravessava o corredor escuro rumo à saída. Chegamos no terminal de madrugada. Alberto, o pai de Julia, era o único que esperava debaixo das luzes frias do estacionamento. Cumprimentou todos os passageiros com o braço erguido. Abraçou e levantou Julia no ar como se estivessem em um baile, ou como se ela fosse uma criança, e apertou a minha mão. Era atarracado, com os braços fortes, vestia camisa azul e jeans; apesar da hora, parecia que tinha acordado fazia pouco tempo. Tinha o cabelo bem grisalho e um cheiro forte de loção pós-barba. Orientou que eu colocasse as malas no baú da caminhonete branca, a mesma que nos emprestaria para fazer a viagem até Córdoba, e correu abrir a porta do passageiro para Julia.

Ani, a mãe, tinha preparado café e mate. Na mesa da cozinha, sobre uma toalha muito limpa, tinha uma *crostata* e torradas com geleias servidas em cumbuquinhas de madeira. Ela abraçou a filha. Deu dois beijos em meu rosto e com os olhos lacrimosos disse: que bom que finalmente nos conhecemos! Depois do café da manhã, me mostrou um quarto no andar de baixo, com uma cama de solteiro e um espelho grande, e disse para Julia que o quarto dela, na parte de cima, estava arrumado.

Naquela primeira viagem, quase não pudemos ficar sozinhos porque a casa vivia cheia de gente que ia ver a Julita, era assim que os tios a chamavam. Nos beijávamos apressados, escondidos, no corredor, no carro a caminho de uma reunião ou de uma das visitas. A cada tarde, eu a acompanhava para tomar mate em dois ou três lugares diferentes, casas nas quais nos recebiam com doces e espreguiçadeiras nos quintais, lugares onde me contavam histórias sobre a infância de Julia: os primeiros passos, as anedotas da pré-escola, o dia que bateu o carro do pai e não conseguiu voltar para dar a notícia. Uma biografia que eu escutaria a cada verão, porque passar as festas de fim de ano em Balcarce passou a ser parte da nossa rotina. Gostava de ver Julia naquele lugar, de que ela falasse de coisas que eu nunca a escutava falar, de conhecer aquela outra parte da sua vida. Alguém que ela tinha sido e que reaparecia naquelas palavras e naquelas lembranças. Uma tarde, antes do réveillon, Julia me levou ao galpão dos tratores. O lugar estava fresco e úmido, com cheiro de azeite, combustíveis e outras coisas que eu não conseguia reconhecer. Nos fundos, tinha um escritório com várias cadeiras, as paredes cobertas por calendários de tratores e fertilizantes. Também tinha uma churrasqueira pequena onde a brasa ainda ardia. Julia se sentou na escrivaninha do pai, levantou a saia, e transamos rápido, sem camisinha, atentos à porta e aos ruídos que interrompiam o silêncio da sesta.

Com o passar dos anos, as visitas a Balcarce foram ficando mais tranquilas. Alberto me levava para visitar as plantações e me mostrava as colheitas, surpreso de que eu não reconhecesse nenhum cultivo. Levantando pó, ele dirigia entre as cercas e apontava: milho nobre, milho de segunda classe, aquilo lá é soja, aquele outro é trigo. Essa é uma zona de batatas, mas tem se diversificado nos últimos anos, o que é bom para a terra, dizia. Uma tarde, ele me convidou para um dos churrascos que fazia com os empregados no galpão e eu o acompanhei várias vezes ao supermercado para fazer as compras do réveillon. Ele gostava de pirotecnia, mas Ani e Julia se queixavam porque os cachorros ficavam enlouquecidos, então ele não comprava mais bombas e rojões e, à meia noite, se sentava no quintal para ver a queima de fogos dos vizinhos. Em outra viagem, me confessou que preferia que Julia tivesse estudado agronomia ou administração agropecuária. Disse que sentia muita falta dela durante o ano.

Quando Julia contou por telefone que estava grávida, Alberto e Ani subiram imediatamente na caminhonete e fizeram uma viagem sem paradas até a capital. Assim que o bebê nascer, vou estar aqui, não vou incomodar, lavo, passo, faço o que for preciso, Ani disse depois de chorar a tarde inteira e de abraçar a barriga plana de Julia. Vocês também podem ter o bebê lá, Alberto disse de repente, arrumamos o quarto de cima, o berço, fazemos o registro em Balcarce e todos os documentos saem mais fácil. No interior é mais simples, não? Nem sonhando, Julia disse, e nós quatro rimos. Antes de ir embora, Alberto me deixou um envelope com dinheiro. Que não falte nada, por favor, disse reservadamente, podem pedir qualquer coisa. Meus parabéns, cara. E me abraçou mais uma vez.

Durante os meses de gestação, nos mandaram roupas que os vizinhos tricotavam, um peniquinho, chocalhos e, quando a data estava próxima, alugaram um apartamento próximo ao nosso e compraram dezenas de caixas de fraldas que duraram até Luna completar um ano.

Alberto convidou meu pai para passar as festas em Balcarce, escreveu várias mensagens, mas ele nunca respondeu e eles não chegaram a se conhecer. Minha mãe fez a viagem quando Luna era bebê, reservou quarto em um hotel no centro e levou presentes para toda a família.

Chegamos em Buenos Aires à tarde, cansados da viagem, e tive que dar várias voltas na quadra até encontrar um lugar para estacionar a caminhonete. Luna estava irritada e quando entramos no apartamento ela começou a chorar por causa das plantas mortas na varanda. As prímulas tinham secado e os raminhos pareciam um arame duro e cinza, os gerânios estavam caídos para o lado, marrons, murchos, as folhas amarelas. Julia a consolou e preparou um banho de espuma. Abri as janelas para ventilar, varri uma barata do chão da cozinha, tirei as roupas sujas das malas e as levei para a lavanderia. Lavei as xícaras novas, a cuia, e coloquei no armário.

Peça uma pizza, Julia gritou do quarto enquanto vestia Luna, que comemorou a notícia. Pizza, pizza de queijo, cantou ao ritmo da música do Meu Querido Pônei e correu para me mostrar o pijama que tinha escolhido. O cabelo enxarcado molhava o pescoço e os ombros.

Desse jeito você vai pegar um resfriado, disse. Ela me mostrou a língua e foi pedir que Julia colocasse um desenho animado.

O sol se punha e da lavanderia eu via a silhueta vermelha nos terraços dos prédios em frente. Roupas penduradas, uma bicicleta e, exceto pelo brilho de algumas televisões, as janelas, que continuavam predominantemente escuras. Observando, Julia se aproximou e colocou as mãos na cintura. Mesmo cansada, ela sorriu. Pegou o pacote de sabão em pó, girou o botão e a máquina de lavar roupas começou a funcionar.

Estava me preparando para fazer isso, comentei.

Ela me deu um beijo no rosto e disse: arrume a mesa que eu vou tomar um banho rápido para tirar o calor do corpo.

Quando o entregador tocou o interfone, Julia tinha terminado de arrumar os brinquedos. Acomodada entre as almofadas, Luna tinha dormido na poltrona, o desenho animado estava a todo volume.

Deixe que ela durma, disse para Julia em voz alta.

Deve estar exausta por causa da viagem, ela sussurrou.

Jantamos na mesa da cozinha. Limpei o pó que estava sobre o tampo, coloquei dois pratos de madeira e um rolo de papel absorvente ao lado da caixa de papelão.

Julia forçou um suspiro. De volta à realidade, disse.

Sim, respondi abaixando a cabeça, sentindo uma tristeza genuína.

Ia serviu as fatias e ficamos em silêncio.

Esta semana eu tenho reunião na universidade, comentei. Precisamos distribuir as aulas e organizar os horários do semestre.

Tudo bem, ela disse enquanto comia devagar.

Além daquele compromisso, eu tinha pacientes quatro tardes por semana e esperava que todos voltassem depois das férias. No ano anterior, sem avisar, vários deles tinham abandonado as sessões. Sugeri que chamássemos minha mãe para ficar com Luna algumas horas por dia.

Claro, Julia respondeu, mas seria melhor se pudéssemos levá-la na casa dela.

Luna estava com o controle remoto na mão. Abri os seus dedinhos para levantá-la e levá-la ao quarto. Quando a peguei no colo, ela abraçou o meu pescoço e eu senti o cheiro do seu cabelo. Fazia tempo que o cheiro de bebê tinha ido embora, mas eu gostava do seu calor. Não se mexeu quando a deitei na cama, nem quando coloquei o gradil para que não caísse durante a noite. Na parede, estava fixado um desenho que ela tinha feito com minha mãe uns meses antes. Juntas, elas tinham procurado por estampas para imprimir. Luna escolheu uma Hello Kitty, mesmo não sabendo quem era. Cobrindo toda a folha, pintou um gramado verde, um céu azul e um sol amarelo. Naquele dia, quando chegamos em casa, anotei a data e o lugar no verso.

Julia tirou os pratos da mesa, me aproximei e beijei o seu pescoço.

Deixe comigo, eu disse.

Em poucas horas, no escuro do quarto, gritando no meio da noite, Luna começaria a chamar por ela. Ou então, iria direto para o nosso quarto e puxaria o braço da mãe para subir em nossa cama. Nunca chamava por mim e ficava braba quando eu tentava acalmá-la. Durante a madrugada, abraçava o corpo de Julia e só assim voltava a dormir.

Claro, Julia disse, preciso me deitar, tomara que a Luninha durma direto.

Sabia de memória os horários dos pacientes do dia seguinte. A mulher que me achava muito jovem para ser psicólogo, que insistia em pagar no final do mês e sempre esquecia das sessões. O adolescente que ia ao banheiro duas ou três vezes e que ficava longos períodos em silêncio. Tinha tentado perguntas, brincadeiras, piadas, interpretações, até que passei a observá-lo bufar na poltrona, coçar a cabeça e analisar as próprias unhas. Em uma travessa, guardei os últimos pedaços de pizza para comer no almoço e soquei a caixa no cesto de lixo.

Do corredor, dava para escutar a respiração de Luna. Ela tinha embolado os lençóis e colocado um dos pés sobre o gradil. Solto, seu cabelo estava espalhado sobre o travesseiro, amanheceria cheio de nós. Encostei a porta para que a luz não a acordasse, embora não soubesse ao certo o que interrompia seu sono e a fazia gritar. Talvez fosse simplesmente a escuridão.

No nosso quarto, ainda dava para sentir o cheiro de ambiente fechado e, apesar do ventilador no máximo, o ar permanecia pesado. Não acendi a luz para não incomodar Julia. Escovei os dentes tateando a pia do banheiro, tirei a roupa, lavei o rosto e passei desodorante.

Levantei os lençóis no escuro e me deitei. Com movimentos lentos, toquei o ombro de Julia, que estava com o rosto virado para o outro lado. Ela mal se mexeu e depois sussurrou algo, um gemido que parecia um convite. Aproximei meu corpo. Beijei sua nuca, sentindo o seu cheiro. Ela se acomodou e eu repousei a perna sobre as pernas dela. Acariciei o seu pescoço quente, o ombro, e deslizei meu dedo pelo seu seio. Ela continuava imóvel. Desci a mão pelo seu umbigo até a costura da calcinha, dava para sentir a cicatriz da cesárea marcando a pele. Então, Julia repeliu minha mão. Amo você, ela disse, descanse, e se afastou para o seu lado da cama.

Quando Luna nasceu, a cesárea não foi uma escolha, o parto natural podia colocar a vida dela em risco. Julia teve que ficar dois dias de repouso: por causa do corte, o obstetra explicou quando passou no quarto para ver Luna. Depois que nos deram alta, ficou uma bandagem grossa que cobria os pontos e marcava a camiseta. Em seguida, Julia usou uma espécie de bandeide grande e cuidava diariamente com cremes e massagens. Alguns meses depois, percebi a cicatriz vermelha e grossa. Com o tempo, sem ser assimilada ao resto da pele, ela ficou mais escura: uma linha roxa, quase reta, que terminava com uma comissura para cima.

Julia não gostava e não nos olhávamos mais como antes. Agora, nossos olhares eram enviesados: enquanto nos vestíamos, a toalha que caía na saída do chuveiro, as roupas de banho durante as viagens para Balcarce, quando íamos à piscina. Transávamos à noite, antes de dormir. Era rápido, sem tirar completamente a roupa, sem perder tempo.

Fiquei deitado de barriga para cima na escuridão do quarto. A luz da rua era filtrada pela madeira da persiana e dava para perceber o contorno dos móveis. Apalpei meu rosto, como se estivesse me vendo no espelho, e senti a pele que já não tinha o mesmo viço de antes. Toquei meu pescoço, os braços e a barriga flácida que caía para os lados. Tanto tempo sem fazer atividade física. Não era grave, mas ela não voltaria sozinha ao normal. As olheiras, todo o cansaço dos últimos anos. Abracei Julia novamente, dessa vez sem incomodá-la, bem pertinho, em silêncio, até pegar no sono.

Luna começaria a escola em março. Já estava na hora, inclusive ela era uma das mais velhas da turma. Não teve creche ou babá durante os primeiros dois anos. Luna passava algumas tardes com minha mãe ou com os pais de Julia, que nos visitavam com frequência. Julia estava cansada. Eu tinha deixado de ir às oficinas de escrita, os contos e romances que tentava escrever estavam abandonados, fazia tempo que não preparava as aulas da universidade e avançava em piloto automático com meus pacientes. Aquele tempo, no qual nossa filha seria cuidada por outras pessoas, era uma promessa de que as coisas entrariam imediatamente em ordem, melhorariam.

Visitamos escolas, escutamos recomendações e fizemos entrevistas com professoras e coordenadoras. Fomos a jardins de orientação Waldorf, onde crianças tecem com lã crua, brincam com materiais nobres e as mensalidades são caríssimas; estivemos em jardins Montessori que têm uma pedagogia perfeita, segundo nos disseram, só que não encontramos vaga; fomos a escolas confessionais, inscrevemos Luna em dois jardins públicos com listas de espera infinitas, mas terminamos em uma mescla de tudo que tínhamos visto.

A Lagartinha era uma escola barata porque tinha algum tipo de subvenção estatal que nunca conseguimos compreender. A diretora nos contou que eles eram orientados pela pedagogia da arte, que uma cooperativa era responsável por arrecadar fundos e recomendou que participássemos das quermesses e jantares de apoio. Para começar bem, ela concluiu, era preciso acompanhar o processo de adaptação.

No final de fevereiro, fizeram uma reunião com todas as famílias e a psicopedagoga explicou que as crianças começariam acompanhadas por um dos pais, que precisava ser sempre o mesmo e que o esperado era que elas se despedissem na porta em um prazo de uma ou duas semanas. Era uma mulher corpulenta, de sessenta anos, que falou o tempo todo de Melanie Klein. Famílias, ela bateu palmas para encerrar a reunião, temos um ano maravilhoso pela frente.

No primeiro dia, quando entendeu o significado de ir ao jardim, Luna começou a berrar e se agarrou à roupa de Julia, gritando para voltar para casa. Entrou com confiança, contente com o guarda-pó rosa e a mochila nova que tinha preparado semanas antes. Deixou que a professora a abraçasse e desse as boas-vindas. Apontou a caixa de areia e os brinquedos, enquanto Julia e eu nos mantínhamos a alguns metros de distância. Tinha um menino agarrado à perna da mãe, outro que sequer olhava para a professora, enquanto Luna caminhou até a rede e pediu para ser embalada. Depois, experimentou uma das gangorras com desconfiança, mas se matou de rir quando um dos lados despencou com força e espalhou areia. No fim, entrou engatinhando em um tubo de concreto que funcionava como túnel de brinquedo e saiu do outro lado aos gritos, chamando por Julia. Pensamos que tinha se machucado, mas ela só pedia que não a deixássemos sozinha. A professora se aproximou. Luna não quis que ela a tocasse e ficou abraçada em Julia, com o rosto enfiado em seu peito.

Os outros pais nos olharam com pena. Um sujeito alto, com óculos acomodados sobre a testa, me disse que ia passar. Ela era a única que chorava daquele jeito: Julia tentou levá-la, eu também, até minha mãe foi à escola. Não funcionou.

Duas semanas depois, a coordenadora pedagógica me telefonou. Sou a Lola, disse, nos conhecemos antes do início das aulas. As professoras tinham comentado que Luna não se integrava e que tinha dificuldade para aceitar as regras, que ela saía para procurar pela mãe e que não queria soltar da mão dela. Eu mesma me dei ao trabalho de observá-la, Lola salientou. Perguntou se minha esposa e eu podíamos ir a uma reunião para conversarmos sobre a situação. Sugeriu um horário inviável, ao meio-dia, e eu desliguei agradecendo.

Alguns dias depois, fomos encontrá-la. À porta, Lola nos recebeu com abraços e me deu umas palmadinhas de ânimo nas costas. Quando entramos na sala, percebeu que estávamos acompanhados de Luna e isso tirou o sorriso do seu rosto.

Este é um encontro para adultos, disse.

Não tínhamos com quem deixá-la, Julia se desculpou.

Aqui na Lagartinha, queremos orientá-los, a direção, os professores, a equipe, estamos aqui à disposição de vocês, Lola disse enquanto revisava papeis e procurava por algo na bolsa. Para isso, ela pegou uma caneta, precisamos conhecê-los melhor, concordam?

Claro, respondi, aqui estamos.

Ela foi planejada?, nos perguntou de súbito e por um instante pensei que era brincadeira. Lola agitou a caneta em um gesto de impaciência. Sentada no chão, Luna segurava um bichinho de pelúcia. Olhei para Julia. O que aconteceria se respondêssemos errado?

Lola consentiu e anotou alguma coisa. Lembrei da aparência dos outros pais durante a primeira reunião: vestiam ternos, tinham cartões magnéticos para entrar em edifícios empresariais, imaginei que eram pessoas que planejavam suas famílias, que tinham uma perspectiva de carreira e carros com a última tecnologia em segurança. Todos pareciam ganhar mais do que eu e Julia.

Digamos que ela não foi planejada de maneira consciente, disse, mas Lola não anotou nada e nem riu da brincadeira, deu um suspiro demorado e continuou com as perguntas.

No final, recomendou que deixássemos Luna chorar mais, que ela tinha que saber que éramos nós os responsáveis pelas decisões. São seus pais, disse para Luna, que olhou e começou a puxar a manga de Julia para que fôssemos embora. Quando pedi que ficasse quieta, ela chutou a minha perna.

Agradecemos e, enquanto se despedia, Lola disse que, se a situação não mudasse, seria melhor deixarmos para o ano seguinte, quando estivéssemos prontos. Esperem um ou dois dias antes de voltar, concluiu.

No caminho de casa, Julia perguntou se Luna queria sorvete e nos sentamos em uma mesinha que ficava na calçada. Naquele horário, o lugar estava sem clientes e a rua, tranquila. Ela vai pensar que é um prêmio, disse para Julia enquanto Luna mordia a casquinha e sujava o guarda-pó.

Julia não respondeu. Colocou a água do copo em um guardanapo, tirou as gotinhas de sorvete da roupa e depois limpou os dedos e a boca de Luna.

É por isso que ela não fica na escola, que nos chamam para reuniões, eu disse e olhei um táxi vazio que passava lentamente.

Julia pegou Luna pela mão. Antes de começar a caminhar, sem olhar para mim, disse que eu passava o tempo todo no consultório ou na universidade e voltava para casa fazendo críticas estúpidas, disse também que nossa filha estava bem e que não era para eu falar daquele jeito novamente na frente dela. Naquela noite dormi na poltrona da sala e, na manhã seguinte, observei Luna brincar no quarto dela, contente, como se nada tivesse acontecido.

A adaptação de Luna continuou por várias semanas: Julia esperava em um canto da sala de aula, depois em uma cadeira na parte de fora, até que Lola autorizou que ela fosse ao café da esquina, desde que ficasse atenta ao celular. Se Luna chorasse, telefonariam imediatamente para buscá-la. Era como se a escola temesse um contágio de choro entre as crianças, uma regressão e um êxodo massivos, Julia me disse, esgotada com aquelas manhãs tensas, vigiando o celular com preocupação, passando as horas sem poder ir ao escritório. Ela não foi chamada e poucos dias depois Luna já ficava sem reclamar, inclusive ia contente. Brincava de esconde-esconde com a porteira que a chamava de "pequeno duende" e pedia que a professora a penteasse e prendesse o cabelo em um rabo de cavalo bem apertado.

Vieram os primeiros aniversários dos coleguinhas de jardim. Os convites circulavam no grupo de WhatsApp dos pais. Juanita, Lucía, Camilo: alguns cartõezinhos tinham fotos de crianças enfeitadas com corações e velinhas coloridas. Comemorações em residências, salões e casas de festa. Eram sempre à tarde, durante a semana, eu tinha o consultório. Julia era quem se encarregava de comprar os presentes, de levar Luna e de ficar sentada entre os familiares vendo os animadores chamando as crianças que, em suas fraldas, não davam bola para as brincadeiras.

Às vezes Julia me contava das festas. Palhaços desesperados, músicas que ninguém conhecia e, uma vez, frutas secas, comida orgânica e uma mulher que tocou parabéns para você em tigelas tibetanas. Ela ria, mas sabíamos que a nossa vez de organizar uma festa estava se aproximando. Nosso pequeno apartamento cheio de gente, crianças derrubando bebidas e pais esperando pela hora do bolo para poderem ir embora. Por aqueles dias, Lola, a psicopedagoga, enviou um pedido na agenda escolar para que as crianças começassem a fazer combinados com os colegas, era preciso socializar, os pais deviam fomentar o encontro de duplas fora do núcleo familiar. Ela esclareceu que usava a palavra "colegas" porque naquela idade não se podia falar de amizade: o objetivo era construir afinidades e afetos entre as crianças.

E foi Julia, pelo final de maio, quem disse que os pais de Amadeo nos convidavam para um lanche. O convite era para nós três. Uma tarde de brincadeiras, disse. Eu não tinha ideia do que se esperava que fizéssemos enquanto as crianças socializavam.

O combinado era bastante preciso: eles nos esperavam no sábado, às seis e quinze. Luna passou o dia inteiro se preparando. Arrumou uma mochila com brinquedos, coisas para compartilhar e roupa para trocar. Ela nunca tinha ido brincar na casa de ninguém, nossos amigos não tinham filhos, não existiam primos ou algo do estilo. Eu não sabia como Luna iria se comportar, as pirraças que poderia fazer, talvez ela e a outra criança nem se olhassem na cara. Fui procurar uma das garrafas de vinho que meu pai tinha me dado de presente fazia alguns anos. São de guarda, eu lembrava que ele tinha dito. Tirei o pó do rótulo branco: o desenho de um castelo e *Marchese Antinori* escrito em cursiva elegante. *Sangiovese, Cabernet Franc* e *Sauvignon*, 2004. Julia preparou uma torta de maçã que grudou na forma e tivemos que sair apressados para comprar sorvete. No caminho, fazendo cara de brabo no retrovisor, disse para Luna que ela ia ter que dividir, ficar bem-comportada e obedecer, que na primeira confusão nós iríamos embora e ela não poderia mais assistir desenhos animados. Julia acariciou a minha mão e me pediu para ficar calmo. Chegamos em um edifício muito alto que ficava na Avenida Libertador, na altura do hipódromo, cercas verdes, jardins impecáveis. Tem garagem para convidados, Julia me avisou e o segurança pediu o nosso nome, anotou a placa e nos indicou um espaço onde devíamos estacionar.

O elevador disse, "vigésimo andar", Luna riu, mas também agarrou a perna de Julia enquanto os números subiam na tela e sentíamos o zumbido nos levando para cima.

Clara, a mãe de Amadeo, nos esperava com a porta do vestíbulo aberta e usava um vestido elegante como se fosse roupa comum. O menino apareceu um segundo depois, muito louro, vestindo apenas meias e cuecas. Não precisava trazer nada, ela disse deixando o vinho e a sacola com o sorvete em cima de um aparador. Miguel estava morrendo de vontade de estar aqui, Clara continuou, mas apareceu uma reunião urgente. Amadeo sempre fala de Luna, das coisas que Luna faz, das brincadeiras de Luna, ele insistiu muito para que fizéssemos o convite.

Que vista linda, Julia disse e mostrou para Luna os barcos e veleiros que pareciam pequenos no rio lá embaixo.

Crianças, Clara gritou de repente com uma voz que lembrava a das professoras de jardim de infância, e todos olhamos para ela. Tive uma grande ideia, disse, que tal se eu preparar pipoca e vocês assistirem desenhos animados no sofá?

Tremendo de emoção, Amadeo pulou sem sair do lugar enquanto a correntinha da chupeta batia em seu peito. Luna nos olhou como se esperasse por uma autorização inédita e foi atrás de Clara e do coleguinha.

Acho melhor eu ir com eles, Julia disse e os acompanhou pelo corredor extenso.

A maior parte das estantes da sala estava preenchida por porta-retratos. Grupos grandes de amigos na praia, quinze ou vinte pessoas em um salão. Fotos de Amadeo bebê: Clara e um homem na casa dos quarenta com dentes perfeitos que devia ser seu marido, Miguel. Uns dez anos mais velho do que eu e com um trabalho que pagava por aquele apartamento, por aqueles móveis e que o mantinha em reuniões importantes em um sábado à tarde enquanto eu corria para comprar sorvete. Do corredor, escutei a risada da minha filha.

Clara e Julia voltaram sorrindo. Tudo arranjado, Clara disse e piscou para mim, tempo para crianças e tempo para adultos. Ela trazia uma bandeja com xícaras e uma cafeteira prateada. Aqueles desenhos, disse, estimulam a percepção sem recorrer à violência dos programas de televisão. São como uma meditação, explicou enquanto nos servia as xícaras em pires minúsculos.

Julia elogiou o café e pediu que Clara lhe passasse o nome dos desenhos animados para poder mostrar para Luna. Às vezes ela fica irritada com alguma coisa e acaba fazendo pirraça, disse. Fiquei incomodado com a confissão que ela fez naquela casa perfeita, habitada por aquele menino comportado.

As poltronas eram imensas e confortáveis, o tecido, macio. Logo em seguida, Clara assumiu o papel de anfitriã e começou a fazer perguntas como se estivéssemos em um programa televisivo.

Onde vocês se conheceram?, perguntou.

Em uma festa, respondi.

Vão ter outro?, sinalizou o corredor e a música inocente que vinha do desenho que as crianças assistiam.

Não, Julia respondeu instintivamente.

Nunca tínhamos conversado sobre aquele assunto. Ela sorria e mexia no cabelo. Agora eu não quero passar por todo o processo de novo, disse, faz pouco tempo que comecei a retomar o meu trabalho, a recuperar a minha vida.

Super entendo, Clara disse. Miguel insiste para que tenhamos mais um. Eu me conheço, vou terminar dizendo que sim porque, afinal, a gente se apaixona quando vê um bebê pequenininho.

Julia não disse nada. Miguel já está chegando, Clara observou, assim vocês podem conversar sobre assuntos de homens.

Então, Amadeo chamou e Clara se levantou para ver o que ele queria. A sala continuava iluminada pelo sol da tarde que se punha agradavelmente. Estávamos a cem metros da rua? A oitenta? Não dava para escutar o barulho da avenida ou dos vizinhos, o apartamento era perfeitamente isolado. É lindo, Julia disse e segurou a minha mão, mas eu a puxei porque estava chateado com a conversa sobre os filhos, mesmo sem saber se queria ter outro ou não.

Vocês, Clara quis saber quando voltou, fazem o quê?

Disse que era psicólogo. Contei a respeito do consultório e das aulas na universidade.

Divã e professor, Clara concordou com a cabeça, um comentário que podia ser tanto aprovação como deboche.

E você, Ju?

Trabalho em uma ONG que ajuda adolescentes em situação de risco na parte norte da região metropolitana, Julia disse e pegou a xícara de café sorrindo. Dito assim pode parecer um pouco técnico, mas nos encarregamos de processos de integração social, coordenamos algumas iniciativas do estado em parceria com fundos privados.

Você trabalha no projeto de Marto Gutiérrez?, Clara interrompeu.

Sim, isso mesmo, Marto é o presidente, Julia disse com surpresa.

É um gênio, esse cara é um gênio, é um grande amigo do Miguel, eles estudaram juntos, fizeram um MBA, ele é divino.

Julia sorria e concordava, não costumava falar do chefe dela, já tinha mencionado o diretor, mas nunca tinha feito referência ao "Marto".

Clara falou a respeito da fundação, dos jantares que organizava, da família de Marto. Julia fazia comentários, enumerou os bairros nos quais intervinham. Quando Miguel chegou, ela estava contando a história de um menino que tocava em uma orquestra de bairro e que esperava por uma bolsa para cursar ciência política na capital. Depois de um barulho de chaves na porta do vestíbulo, Miguel apareceu vestido com um uniforme de futebol. Não me diga que já estão aqui, cobriu o rosto com as mãos, volto em um minuto. Pouco tempo depois, ele voltou sorridente, de banho tomado e vestindo uma camiseta preta bem ajustada ao corpo.

As crianças parecem alegres, Miguel disse. Viram como os *Baby Doohs* são legais? Foi a minha irmã que mora na Califórnia que recomendou, eles mudaram a nossa vida, deu um abraço em Julia e apertou a minha mão. Depois olhou o vinho e o sorvete, que tinha ficado fora do congelador. Italiano, ele disse, parece excelente. Não precisava. Vamos para a cozinha.

Tinha um balcão extenso com banquetas, seis queimadores sobre um móvel repaginado, frigideiras de cobre alinhadas na parede, o piso branco como se jamais alguém tivesse cozinhado ali. Miguel despendurou duas taças e retirou um saca-rolhas elétrico de um estojo.

No ano passado precisei viajar várias vezes para o Valle de Uco, disse enquanto retirava o invólucro da garrafa, uma das famílias antigas do vinho argentino queria vender o *terroir* e nós encontramos uns belgas que estavam interessados. Miguel me olhou nos olhos como se tentasse enfatizar a importância do que estava me contando. Além das milhares de degustações, provas, aulas sobre vinho e estudos sobre o solo, os sulfitos, as parreiras e o crescimento das mudas, descobrimos que a chave de todo o vale, do extraordinário polo produtivo que é Mendoza, não está nos enólogos famosos que assinam os rótulos e pontuam os melhores *malbecs*. Você sabe onde está a chave? Miguel fez uma pausa para que eu respondesse "não", enquanto servia o vinho em uma das taças, girava e inspirava. O segredo está nas licenças para a exploração da água, na relação com o governo de plantão para que autorize os poços e as novas perfurações, em não deixar que os poços que você já possui fiquem secos. Sem essas licenças, não há irrigação. Sem irrigação, não nasce uma uva sequer naquele deserto. Miguel soltou uma risada potente, cheirou o vinho, girou a taça e voltou a deixá-la sobre o balcão.

Era um golpe, ele disse. Descobrimos que eles estavam com todas as licenças vencidas. Os belgas fugiram e, além de pagarem os nossos honorários, nos deram um enorme bônus por livrá-los do enrosco. Deu um pequeno gole. Avinagrou, disse em seguida. Olhei o vinho na taça, a rolha que parecia íntegra.

Talvez precise respirar um pouco, respondi, é um vinho de guarda.

Miguel discordou repetidamente com a cabeça.

Não, disse, esses vinhos não aguentam tantos anos, cheirou o bico da garrafa e despejou todo o líquido na pia. Venha, vamos pegar outro na adega.

Julia tinha retomado alguns compromissos no escritório e acertamos que depois do almoço eu voltaria para casa por algumas horas. A troca de guarda era rápida: os pratos com a comida delas ainda estavam sobre a mesa, Luna já não dormia mais a sesta e se irritava porque a mãe saía. Eu deixava que ela assistisse os desenhos proibidos por Julia, convidava para passeios, imprimia estampas para pintar, mesmo assim ela demorava para se acalmar. Julia voltava correndo antes das seis e, então, também correndo, eu voltava ao consultório para atender os últimos pacientes.

Nas tardes que passávamos juntos, colocava Luna sentada sobre a bancada da cozinha e ela me observava balançando os pezinhos enquanto eu lavava e guardava a louça. Às vezes, eu dava um pano de pratos e ela secava as peças de plástico com cuidado. Fazíamos compras para o jantar com o carrinho dela, ela abria um pacote de bolachas entre as gôndolas e isso a mantinha entretida. Quando o caixa do supermercado a cumprimentava, ela tapava os olhos com as mãos. Com Julia, Luna não parava de falar, mas quando estava comigo, conversava pouco e passava longos momentos no quarto.

Durante as tardes, também providenciava o banho e a deixava vestida com o pijama. Vi seu corpo crescer, mudar, forte e firme, com a manchinha de nascença nas costas, do lado esquerdo, abaixo das costelas, um tom um pouco mais escuro sobre a pele tão clara. Quando era recém-nascida, a colocávamos na banheira com Julia e eu a retirava da água e a enrolava em várias toalhas. Secávamos cuidadosamente as dobras do pescoço, atrás dos joelhos rechonchudos e entre os dedos dos pés. Quando começou a sustentar a cabeça, compramos uma bacia de plástico e a ensaboávamos semissentada enquanto ela esperneava e tentava se soltar. Agora, estávamos fazendo com que se acostumasse ao chuveiro. Ficava agachado, com as mangas da camisa arregaçadas, segurava seu braço para evitar um escorregão e enxaguava os seus olhos quando caía xampu. Ao sair, para molhar a minha roupa, ela me abraçava e ria, depois se enrolava na toalha de ursinho com capuz.

    Ela sempre gostou de brincar de esconde-esconde: fechava os olhos para ficar invisível, entrava no guarda-roupas, embaixo das camas, atrás das portas e dos vasos. Às vezes, ficava encolhidinha no chão como se tivesse desaparecido, esperava que eu percorresse a casa e chamasse por ela com voz de preocupado e reaparecia de repente para me assustar. Estar com ela é a melhor coisa, eu dizia para mim mesmo, aproveitar o tempo juntos, ver Luna brincar. Quando éramos pequenos, meu pai mal aparecia em casa durante a semana. Ficávamos com a minha mãe, sempre tinha uma empregada ou uma babá por perto. Por outro lado, eu podia desfrutar da companhia de minha filha e me conectar com ela. Em alguns momentos preciosos, eu sentia um amor abismal. Queria cuidar e proteger, lembrar de cada gesto e de cada episódio relacionado a ela. Mas no geral era cansativo e difícil. Eu lutava contra o meu mau humor, ficava o tempo todo verificando o celular, colocava desenhos animados para não ter que brincar, limpar ou arrumar, e esperava que as horas passassem, que Julia voltasse, que eu pudesse correr para o trabalho.

    Uma tarde, Luna saiu correndo do banheiro para se esconder, a toalha ondulava, ela escorregou com os pés molhados sobre o piso de madeira e bateu contra a parede. Segui as pegadas molhadas e a abracei. Luna chorou de susto, mas em seguida me deu um sorriso e se soltou para voltar a correr em direção à sala. Chamei por ela. Ela ria excitada e pedia que eu a pegasse. Agora você precisa se vestir, disse olhando as horas, mas Luna se enrolou atrás da cortina. Segurei o seu braço, ela relutou e berrou, fazendo os engates do tecido rangerem. Gritei para que parasse.

Como ela continuou, dei um tapa com toda a minha força na parede, bem perto dela.

Se acalme, ordenei.

Ela ficou imóvel atrás da cortina e começou a chorar baixinho.

Se acalme você, ela respondeu, se acalme, se acalme agora, ela continuou dizendo entre lágrimas e soluços.

Fui até o quarto dela, deixei o pijama sobre a cama, depois me fechei em meu quarto para trocar as meias molhadas e esperar que minha raiva passasse ou que Julia voltasse.

Algumas noites depois, Luna não quis se vestir quando saiu do banho. Fazia frio e eu insisti, ela pegou a roupa e a atirou dentro da banheira cheia de água e sabão. Ela riu, eu fiquei sério. Disse que ela ia ficar doente, que ia ter febre, que teríamos que deixá-la no hospital e que não era para ela se comportar como uma bobalhona. Ela correu e chamou pela mãe. Enquanto eu a via se afastar com os passinhos curtos, pensei em como seria fácil agarrá-la, segurá-la contra a cama e dar uma palmada para acalmá-la. Entrei no quarto dela, peguei outro pijama na gaveta e pisoteei com raiva os brinquedos que estavam no chão: uma boneca de plástico voou e os lápis de cor rolaram para debaixo da cama.

Julia a consolou com uma canção, então pensei nas pirraças, nas broncas que não serviam para nada e nas ameaças que não se cumpriam. Será que o meu pai saberia o que fazer?, me perguntei. No mapa astral, a voz do astrólogo dizia que sim, ele saberia.

Durante o ensino médio, comecei a ler todos os livros que encontrava sobre a morte do pai. Paul Auster, Kureishi, Roth e Saroyan. Depois, Knausgard, Blake Williams e John Burnside. Lia com pressa e sofreguidão. Essas leituras podiam parecer uma simples lista, mas na verdade compunham um gênero propriamente dito. Freud escreveu que a morte do pai é o fato central na vida adulta de um homem (foi depois da morte do próprio pai que ele escreveu *A interpretação dos sonhos*). Os livros tinham seus ritmos, suas regras: o pai morto e as lembranças boas e más, as brigas e as agressões, a solidão que vinha depois da perda e um movimento mágico que sempre me fascinou: os filhos se convertiam em escritores que narravam suas experiências. Escreviam a respeito de um cadáver, uma elegia, um acerto de contas, uma saudação, e faziam as pazes com alguém que tinha apenas a voz que eles controlavam. Era como se compartilhássemos algo. Eu também remexia imaginariamente os pertences do meu pai e encontrava, como eles, relógios oxidados e moedas fora de circulação, lenços e suéteres carcomidos pelas traças. Os pais daqueles livros deixavam vestígios, sinais de outras vidas. Deixavam o cansaço e o alcoolismo, às vezes o arrependimento, ao menos o ter tentado antes de não ter conseguido. O gênero tinha algo de desafogo, de reconciliação, de epitáfio. Eram leituras que me tranquilizavam.

Também desejei compreender meu pai a partir de restos, mas ele não possuía gavetas e seus armários tinham sido feitos sem portas. Tudo estava exposto, ordenado, novo. Ele não guardava nada. Não havia roupas velhas, objetos enferrujados ou louças trincadas. Não restavam fotografias para contar uma história. E ele estava vivo.

Em uma tarde sem pacientes no consultório, me sentei e olhei os livros da minha biblioteca, os volumes verdes de Freud com as anotações da faculdade, algumas marcas de releituras, os romances e livros de contos que tinham recomendado em uma oficina de escrita. Revisei os índices, onde tinha anotado duas ou três marcas de admiração ao lado de alguns títulos. Era assim que eu classificava os meus preferidos. Fazia aquilo para reler posteriormente, para me lembrar, mas naquele momento, ao revisitá-los, fui tomado por uma sensação que provavelmente não tinha nada a ver com os livros em si. Fazia muito tempo que eu não escrevia de verdade. Mas escrever sobre o quê? Talvez um diário sobre minha filha pudesse me ajudar a lembrar dela, a compreendê-la melhor e a não ter tanto medo de ser pai. Queria escrever a respeito do corpo da minha filha, da sua vivacidade, dos meus ressentimentos, anotar as palavras que ela dizia repetidas vezes para mim. Entre os meus cadernos da época da faculdade, procurei um para começar as anotações e me deparei com algo que tinha usado uns dez anos antes, quando tentei escrever a história do meu pai:

Um homem desperta no meio da noite e abre os olhos na escuridão do quarto. Logo em seguida compreende tudo, lembra de tudo. Volta ao ponto exato no qual sua cabeça se deteve, insone, minutos ou horas antes. Tomara que tenham sido horas, ele pensa, mas não está convencido. A sua namorada, sua mulher, descansa ao seu lado e ele não quer despertá-la, tampouco quer despertar os dois filhos adolescentes, quase homens, que dormem no quarto do outro lado do corredor. Os seus sentidos percebem a casa, ele a conhece e se move em silêncio, sem nenhuma luz, ele não precisa. Está divorciado da mãe dos seus filhos, tem quase cinquenta anos, pensa nos seus pacientes, em tudo que ouviu ao longo de sua vida, nas vidas que foram contadas para ele, os detalhes, as vozes e as palavras. Lembra da infância no pequeno povoado interiorano, da fábrica que o pai ajudou a fundar, das reuniões em italiano, das risadas. O que eu fiz?, ele se pergunta.

As anotações começavam assim. O caderno onde as redigi, poucos meses depois da viagem que fiz com meu pai, não tinha outros registros. Não chegavam a quinze páginas.
Foi uma época em que discutíamos com frequência. Tinha convidado meu pai para o teatro. O divórcio com minha mãe avançava e ele tinha ido morar com Mariana, a relação extraconjugal deles já vinha de anos. Vivíamos entre processos, litígio pelo dinheiro depositado em uma caixa de previdência, meu irmão Martín e eu precisávamos encontrar com uma advogada duas vezes por semana, prestar declarações em juízo, escutar infindáveis disputas familiares.
Eu tinha visto o anúncio do espetáculo. Não conhecia o diretor ou os atores. Estava com dezenove anos e nunca tinha lido Raymond Carver. Mas o título me pareceu promissor e era uma oportunidade para fazermos algo juntos, uma trégua.
Combinamos de nos encontrar na entrada do auditório, quinze minutos antes para o caso de haver fila. O teatro ficava no primeiro andar de um prédio da Rua Rodríguez Peña, entre as Avenidas Corrientes e Sarmiento. Saí do metrô, estava escuro e fazia frio, e de longe avistei o meu pai esperando na esquina, do outro lado da rua. Com as mãos nos bolsos do casaco, ele tinha a pele muito pálida e o cabelo grisalho penteado para trás. Um grupo de rapazes avançava gritando. Eles trocavam empurrões e riam enquanto caminhavam na direção dele. Provocavam as mulheres e as obrigavam a acelerar o passo, pediam cigarros e insinuavam surrupiar mochilas e bolsas. Pararam perto do meu pai e o cercaram. Tinham a minha idade. Pensei em atravessar a rua, em socorrê-lo. Eu estava a vinte metros, eles eram muitos. Disseram algo

que eu não consegui escutar. Ele não se moveu e nem deixou de encará-los. Estavam a poucos metros dele e não paravam de se aproximar. Meu pai abriu a boca e sorriu com os olhos sérios. Percebi que ele disse "não" e avançou. O seu rosto quase encostava no rosto do maior deles, nariz com nariz, boca com boca. Os rapazes se olharam por um instante e pode ser que tenham dito algo antes de se afastarem para os lados do Congresso, em silêncio.

Esperei que as luzes do semáforo mudassem duas vezes antes de atravessar a rua, fingindo não o ter visto. Trocamos um abraço rápido, compramos os ingressos e subimos as escadas. Éramos os únicos esperando pelo início da sessão e a cafeteria estava fechada. Ou abandonada.

Tenho um jantar às dez, meu pai disse, você sabe quanto tempo demora?

Eu também tinha feito planos. Ia sair com Majo, passaria para pegá-la assim que terminasse a peça. O mais cedo possível, eu tinha dito. Ela insistia para que eu tentasse me reaproximar do meu pai.

Abriram a porta do auditório com alguns minutos de atraso, menos de meia hora depois já estávamos na rua e garoava. Era uma versão do conto "Catedral", o diálogo entre dois homens enquanto a esposa de um deles dorme, sendo que um dos personagens é cego. Meu pai propôs que bebêssemos algo. Sugeriu que buscássemos o carro para sair daquele bairro. Fomos a um bar na Recoleta. O meu compromisso é aqui perto, ele disse, mas ainda não está na hora. Nos sentamos ao lado de uma janela e o garçom fez cara de desânimo quando descobriu que não iríamos jantar. Não vão comer nada?, perguntou com a bandeja prateada junto ao peito. Meu pai repetiu que queríamos apenas duas cervejas Moretti e que estávamos com pressa.

Ele perguntou da Majo e da faculdade. Não conversamos sobre o divórcio nem sobre sua mudança. Quando as cervejas chegaram, fazia alguns minutos que estávamos em silêncio. Então brindamos e eu disse que estava com um problema. Ele deu um gole demorado e demonstrou interesse.

O que está acontecendo, meu querido?

Contei que tinha começado uma oficina de escrita, que lia tudo que recomendavam e que tinha ensaiado alguns contos, mas não conseguia escrever. Sentia que não tinha nada para dizer.

Ele sorriu e com um gesto pediu outra cerveja. Escreva a minha história, disse. Faz tempo que tenho vontade de fazer algo com tudo que me aconteceu, até imagino o começo: minha insônia, as voltas noturnas que dou pela casa, a vida na Itália, as dificuldades com a tua mãe, as viagens do meu pai e a morte dele na Venezuela. O que você acha? Podemos trabalhar juntos, ele disse, e escrever um romance.

Majo tinha me dado um caderno de presente. Para te dar inspiração, ela disse. Peguei uma caneta e ele começou a falar. Usou a terceira pessoa para falar dele mesmo, dando a entender que prosseguiria dessa maneira. *Um homem desperta no meio da noite.* Precisava começar, ele disse, com a história do Guido, o pai dele, meu avô, e sua fuga da Itália fascista para fundar uma grande empresa na Argentina.

Nos encontramos mais algumas vezes. Depois ele precisou viajar a trabalho, e então o romance ficou abandonado.

Agora, restavam apenas aquelas quinze páginas de notas em um caderno. Eu as revisei várias vezes. Algumas anedotas que eu já conhecia, longas descrições do seu povoado e do seu pai, mas em nenhum momento ele explicava o motivo que levava aquele homem a despertar no meio da noite. Obviamente, ele também não fazia menção àquela filha que tinha sido minha irmã, nem a todo o silêncio que a envolvia.

Quase seis meses depois da viagem que fiz com Julia e Luna para a região das serras, a ideia apareceu: eu era a pessoa que mais tinha dedicado tempo ao meu pai. Mais do que a família, com quem ele cortou relações aos vinte e cinco anos, mais do que qualquer amigo, porque ele não os conservava, mais do que as companheiras e os colegas, cada um deles congelado em um compartimento. Sua vida era formada por histórias que não se conectavam.

Vários anos antes tínhamos tentado fazer uma viagem para Unquillo, onde viviam a mãe e o irmão do meu pai. Martín, meu irmão, tinha localizado o perfil do tio Claudio no *Facebook* e tinha me mostrado uma fotografia em seu celular. É a cara do pai, ele me disse.

Era um meio-dia ensolarado e várias pessoas participavam do almoço. Meu pai tinha passado a manhã cozinhado, depois serviu a refeição no terraço, colocou música e preparou drinks com a vodca que trazia de suas viagens. Um dos amigos dele contava sobre um casal de pais do colégio dos filhos, eles convidavam conhecidos para sessões de *ménage à trois* e *swing* em uma casa que ficava na região metropolitana de Buenos Aires. Houve um instante de silêncio quando Mariana, a namorada do meu pai, apareceu com uma bandeja de sobremesas e xícaras de café. Então Martín chamou o meu pai de lado e me pediu que os acompanhasse até o outro lado do terraço. Tudo estava ensaiado. Martín contou que tínhamos decidido viajar para Córdoba para conhecer o irmão e a mãe dele. Nosso tio e nossa avó, ele salientou. Eu o apoiei: tínhamos feito contato com o tio Claudio, ele parecia simpático e tinha dito que nos esperava.

Meu pai levantou as sobrancelhas e suspirou. Olhou para Martín e depois para mim. Lentamente, negou com a cabeça. Acho melhor vocês não fazerem isso, disse. Esperem um pouco.

O que você acha não me importa, meu irmão o interrompeu, se isso te preocupa, você poderia vir junto.

Meu pai comprimiu os lábios e enrugou o nariz. Pensei que fosse esbofetear o Martín, mas em vez disso, deu meia volta sem dizer nada e caminhou para dentro de casa, respondeu a provocação de um amigo, arrumou o avental de cozinha e, então, as pernas fraquejaram e ele desmaiou. Ficou alguns minutos caído, inconsciente, o amigo swinger o abanou e insistiu para que levantássemos suas pernas, a namorada providenciou um copo de água. Fiquei perto do Martín, que tinha os olhos úmidos e respirava com dificuldade. No fim, um pouco pálido, meu pai se levantou, sorriu, arrumou o cabelo com as mãos e pediu desculpas para os convidados. Excesso de calor, muitas horas perto do forno, disse. Bebeu um longo gole de água. Depois procurou pela sobremesa, mudou o disco no aparelho de som e não voltou a olhar para nós.

Martín foi a primeira pessoa em quem pensei quando decidi fazer a viagem. Telefonei para ele e propus que fôssemos juntos para Unquillo. Dessa vez vamos de verdade, eu disse, sem pedir autorização. Ele era dois anos mais novo e não falava com meu pai fazia mais tempo do que eu. É um babaca, Martín costumava dizer para encerrar a conversa. Eu sabia que a sua raiva tinha a ver com o dinheiro do meu avô e com tudo que ele tinha feito contra a minha mãe durante o divórcio. Martín era neurologista, trabalhava em um laboratório de estudos do sono e faltava pouco para começar um doutorado nos Estados Unidos. Nos encontrávamos algumas vezes por ano durante as festas de família. Fiquei surpreso quando ele aceitou o convite.

Naquela época, Julia estava com bastante trabalho por causa de alguns jovens que a fundação tinha começado a acompanhar. Marcos, Nahiara, ela os mencionava durante as refeições, durante os telefonemas que trocava a todo instante com os colegas de trabalho. Estava contente por ter voltado a se ocupar, por retomar seus compromissos. Mesmo assim, me deu um abraço quando contei do meu plano e me disse que eu podia tomar o tempo que fosse preciso, que estava segura de que me faria bem entrar em contato com toda aquela história. Isso vai ser bom para você e para nós duas, disse.

Terceira parte

Uma passagem escura

Almoçamos no centro de Córdoba, em uma churrascaria para turistas que cobrava pelo serviço de mesa e não oferecia menu do dia. O pedido foi exagerado e mal conversamos. Martín tinha combinado o encontro em Unquillo para às cinco da tarde, em frente à prefeitura. Não tem como a gente se perder, vi o mapa, fica na continuação da estrada que vai para as serras, disse.

Tínhamos saído de Buenos Aires naquele dia de manhã. Luna escondeu dois desenhos na minha mochila, um para mim e outro para o tio Martín. No aeroporto de Córdoba alugamos um carro. Passaríamos a noite na cidade, o nosso voo era bem cedo no dia seguinte. Pouco mais de vinte e quatro horas, esse era o plano. Fui o responsável pelas reservas do hotel e pela logística, mas quando tiramos o carro do estacionamento para pegar a estrada, contornamos a Plaza España e levei alguns segundos até perceber que estávamos na contramão. Desviei para a direita e mantive o pisca-alerta enquanto os motoristas passavam jogando luz alta e buzinando.

Não se preocupe, meu irmão disse dando tapinhas no meu ombro, também não dormi direito.

Coloquei o endereço no GPS e fiz a conversão quando o semáforo fechou.

A estrada saía de Córdoba e seguia na direção de Villa Allende. Era domingo e o tráfego estava tranquilo na hora da sesta. Paramos em um posto de combustível em Mendiolaza para passar o tempo, ainda era cedo, completei o tanque e compramos água. A loja de conveniência estava cheia de adolescentes. Seguimos pela estrada que se converte na rua principal de Unquillo e corta a cidade ao meio. Anoitecia. Os cartazes espalhados anunciavam a proximidade das eleições, um poste era dos radicais e o seguinte, dos peronistas. Imaginei que os dois partidos tinham contratado a mesma empresa, que por sua vez tinha coberto aquele trecho alternando os espaços entre os candidatos.

Estacionei alguns minutos antes do horário combinado, observei o prédio da prefeitura com a pintura gasta e os meninos de skate que faziam manobras na rampa de acesso. Comentei com Martín que sempre tinha acreditado que Claudio dava aulas em uma escola, ou que ele era dono de uma escola, o meu pai tinha contado as duas histórias alguns anos antes. Disse também que sempre o imaginei com cabelo cumprido e rabo de cavalo, meio hippie e meio excêntrico. Seguramente ele era muito bom em matemática e tinha estudado vários anos em Buenos Aires. Meu irmão respondeu que nunca tinha imaginado nada e que devia ser horrível viver em um lugarzinho de merda como aquele.

Enquanto esperávamos, contei que alguns anos antes, logo depois do nascimento de Luna, tinha encontrado o nosso pai para almoçar. Fomos ao bar de um cozinheiro italiano que fazia sucesso na televisão, fizemos os pedidos, e perguntei por que ele tinha se distanciado do tio e da avó que viviam em Unquillo. Disse que, com a chegada de Luna, acreditava ser importante saber quem eles eram. Meu pai disse que não gostava de falar deles, ficou em silêncio por um tempo e depois falou em italiano para pedir outra rodada de Aperol, embora meu copo estivesse cheio. No final, disse que ia me contar algo que nunca tinha contado para ninguém. Nem para a Mariana, nem para a tua mãe, acrescentou. Então disse que o tio Claudio abusava dele quando eram pequenos. Virginia, tua avó, acrescentou, sempre soube e o defendia. Me afastei deles, continuou, para cuidar de vocês, para preservar vocês daquele mundo.

Sem deixar de olhar para a frente, depois de escutar, Martín bufou, abriu um pouco a janela e terminou não dizendo nada.

Esperamos com os faróis acesos. As pessoas passavam caminhando pela rua e tentávamos adivinhar o rosto do tio Claudio entre elas. Ele já estava cinco ou dez minutos atrasado. Meu irmão telefonou para avisar que tínhamos chegado.

Estamos aqui, ele disse, e você?

Ele apareceu logo em seguida. Por cima de uma camiseta cinza, usava um pulôver de tricô azul abotoado até a barriga, calça de moletom e tênis. Por trás dos óculos, ele tinha o mesmo nariz do meu pai. Parecia um aposentado. Meu irmão tirou o braço para fora do carro e fez sinal. Claudio estendeu a mão para cumprimentá-lo pela janela e entrou pela porta de trás.

Oi, rapazes, disse com a naturalidade de um tio. Vamos, eu mostro o caminho.

Depois de um momento de silêncio, Claudio se posicionou entre os bancos da frente como se fosse criança, deu um sorriso e a dentadura tomou conta do seu rosto. Vá por ali, indicou sem dizer para onde estávamos indo e depois perguntou qual de nós era o Martín. Meu irmão esboçou um sorriso.

Conversamos por telefone, mas não te conhecia, Claudio disse, nem de bebê, e agora eu te encontro quase careca. Que alegria ver você, ele deu duas palmadas no ombro do Martín.

Querem conhecer a avó de vocês?

Deixamos a estrada e entramos por uma rua sem asfalto que margeava um riacho. Eu dirigia com cuidado entre buracos, caliça, pedras e lixo espalhados pelo caminho.

A enchente cobriu tudo, Claudio disse, se tivessem vindo durante as chuvas do ano passado vocês teriam visto. A água chegou até a metade da porta e a correnteza... ele não concluiu a frase. A avó de vocês ficou comigo porque eu moro mais para cima, ele continuou, não dava para ficar nesse lugar. Tem vizinhos que ainda estão arrumando as paredes, lutando contra a umidade.

Tornamos a dobrar mais algumas vezes, passando por casas isoladas, e fomos nos embrenhando no morro. Atrás de nós, ficou um fio de água que corria por um leito de pedras e mato. Era inverno e fazia tempo que não caía uma gota. Claudio me pediu para estacionar em uma esquina: é logo ali, ele disse e abriu a porta antes que eu engatasse o freio de mão. Esperem aqui porque eu não contei nada para a Virgínia, ele disse. Ela vai ficar muito emocionada e eu preciso preparar o encontro.

Martín e eu ficamos no carro.

Por que será que ele não contou, perguntei para Martín, será que ele pensou que íamos pedir alguma coisa?

E o que você poderia pedir para alguém que mora nesse lugar?, Martín observou.

Deixei o aquecedor ligado e apaguei os faróis. A iluminação era precária, tinha poucos postes ao longo da quadra, e alguns cachorros passeavam entre as casas e os terrenos baldios. Dava para ver algumas motos estacionadas nos jardins e, no terreno onde o Claudio entrou, tinha uma namoradeira de ferro vermelho e uma estrutura de cimento que parecia uma cisterna.

Estranho, não acha? Martín olhou e não disse nada.

Depois de um tempo, saiu pela porta uma senhora bem pequena, com os braços cruzados sobre o peito, olhando para todos os lados. Os cachorros se aproximaram dela e nós saímos do carro para cumprimentá-la.

Virginia nos abraçou e disse que fazia tempo que esperava por nós. Enxugou os olhos como se tivesse chorado e nos convidou para entrar, eles estavam lanchando. A entrada da casa era por uma porta baixa que dava para a cozinha. Três rapazes e três moças estavam sentados à mesa, todos mais ou menos da nossa idade. Meus queridos, esses são os primos de vocês, Virginia fez as apresentações. Meu irmão e eu contornamos a mesa cumprimentando. Todos sorriam com surpresa pelo encontro inesperado. Tinha imaginado uma conversa tensa em um café, Claudio sombrio e distante, desconfiado como nós, mas estávamos aos abraços em uma reunião familiar. Virginia nos explicou que eles costumavam passar as tardes de domingo juntos, alguns vinham de Córdoba, eles lamentaram que o Maximiliano não estivesse, mas ele era músico e naquela tarde tinha um recital em um centro cultural. Teria sido maravilhoso se todos estivessem juntos, Virginia comentou enquanto abria as sacolas que levamos com presentes comprados no aeroporto, alfajores e chocolates.

Nos sentamos na sala. A televisão estava sintonizada em um canal de música. O primo mais novo, Tomi, tinha o cabelo rasta, usava uma camiseta de mangas cortadas e não parava de olhar para nós. Outro, dois anos mais velho do que eu, Damián, era careca e estava com a namorada, eles trabalhavam na mesma fábrica e iam se casar em poucos meses. Alguns deles fumavam. Tinha dois cinzeiros sobre a mesa, um gato circulando entre as nossas pernas, imagens de Jesus e de Krishnamurti e fotografias de férias familiares espalhadas pelos móveis e paredes.

Quero que vocês tirem uma foto para colocar aqui, junto com os outros netos, não posso esquecer de trazer a máquina digital, está no meu quarto, espero que tenha pilha. Virginia nos fez sentar ao seu lado e volta e meia nos abraçava sem se levantar da cadeira.

Sempre soube que isso ia acontecer, não é verdade que eu sempre disse que não ia morrer antes de ver os meninos?

Claudio foi pegar mais água em uma garrafa de whisky que eles guardavam na geladeira e trouxe alguns croissants que tinham sobrado na sacola da panificadora. O primo Tomi perguntou o que nós fazíamos em Buenos Aires. Ele era malabarista e trabalhava em uma escola rural.

Damián perguntou como tinha sido dirigir o carro na estrada e, como eu demorei para responder, ele apontou pela janela.

O carro é alugado, eu disse, mas fizemos uma boa viagem, não foi?

Martín concordou.

Quantos quilômetros por litro?, Damián quis saber, ele pensava em tirar o dinheiro da poupança e estava comparando diferentes modelos de automóveis.

Virgínia comentou que Damián era muito bem-sucedido, que tinha subordinados trabalhando para ele. Ela se aproximou e massageou o pescoço do neto, depois apontou para a namorada dele e disse que esperava um bisneto para breve.

Falei de Luna e mostrei fotografias no celular. Da próxima vez, obviamente, a levaria com Julia para que as conhecessem.

A minha primeira bisneta, Virgínia disse acariciando a tela do aparelho.

Virginia nos chamava de "meus netos", fazia referência a ela mesma como "vovó", nos olhava, nos acariciava e repetidamente beijava a medalhinha pendurada em seu pescoço.

Aqui, Virginia indicou sobre o aparador, também guardo uma imagem dele, sempre penso e rezo para que esteja bem, mesmo que ele não queira me ver e sinta ódio de mim, ela suspirou. Nunca vou entender o que aconteceu, mas é meu filho, vejam. Em uma imagem sépia descolorida pelo sol e pelo tempo, estava meu pai, mais novo que o meu irmão e eu, com uma bebê no colo. É Carmela, a irmã de vocês, Virgina disse, ele falou dela alguma vez? Ele contou o que aconteceu? Todos conhecem a história por aqui, ela teria sido a mais velha, era maravilhosa. Eu ia bastante para Buenos Aires para cuidar dela, ela era louca pelo tio Claudio, era só ele pegar no colo que ela se acalmava.

Os primos nos olhavam esperando por uma resposta. Claudio baixou os olhos e Virginia me serviu um copo de água. Agradeci com um sorriso. Sabemos pouco, disse, quase nada. Era a primeira vez que eu escutava o nome da menina. A minha irmã, pensei. Tentei calcular a diferença de idade e afastar a ideia de que o meu nascimento era uma consequência da morte dela, algo como uma sequela.

E o que ele contou sobre nós?, Virginia perguntou e abriu os braços para incluir todos que estavam na sala.

Respondi que sabíamos apenas os nomes. Também disse que o pai de Virginia tinha sido um juiz importante na região, um homem de ascendência francesa que se casou com a empregada quarenta anos mais jovem que trabalhava em sua casa, que Claudio tinha sido um prodígio da matemática e que namorou uma moça em Buenos Aires para quem comprava presentes com o dinheiro da empresa familiar que eles tinham na Rua Cabildo. Enquanto eu dizia aquelas coisas, me dei conta de como tudo aquilo soava ridículo. Por fim, falei da generosa pensão que eles recebiam do estado italiano porque o vô Guido tinha sido herói de guerra e tinha morrido em um acidente aéreo na Venezuela. Quando terminei, Claudio, Tomi e Damián não conseguiam conter o riso.

Virginia apontou para a casa, pequena, pré-fabricada.

Isso te parece coisa da aristocracia europeia? Pensão em euros?

Rimos juntos e me senti melhor, como se compartilhássemos algo.

Aos poucos e nos revezando, meu irmão e eu começamos a contar as histórias que conhecíamos e as informações sobre a genealogia que tínhamos escutado do meu pai. Virginia nos escutava com atenção. Tomi continuava rindo. Claudio ia e voltava da cozinha servindo chá, mate e água.

Olhei a fotografia do meu pai com a menina no colo. Ele estava sentado em uma cadeira com as pernas cruzadas, tinha uma camisa com os botões abertos no peito, usava bigodes e o cabelo um pouco mais comprido que o habitual estava penteado para trás. Sorria com os dentes perfeitos e olhava para a filha. Parecia feliz.

Depois que nossos primos foram embora, Virginia nos contou a história do Guido. Estávamos ela, Claudio, meu irmão e eu, a toalha cheia de farelos e manchas. Meus olhos ardiam por causa da fumaça do cigarro e do gás da estufa. Eu sentia um pouco de fome.

Vamos ver, rapazes, Virginia disse. Além da pensão e de ter sido herói de guerra, o que mais vocês sabem do Guido?

Ele era italiano, meu irmão disse. Engenheiro.

Trabalhava na Techint, acrescentei, lutou na Segunda Guerra, foi prisioneiro na Iugoslávia, morreu quando meu pai era jovem, concluí.

Virginia franziu as sobrancelhas, as rugas em sua testa se pronunciaram, os lábios ficaram finos e a boca se converteu em um risco. O que estava acontecendo com ela?, pensei. Sem deixar de me olhar, ela sorriu, depois tossiu, baixou a cabeça e deu uma gargalhada. Meu irmão fez um sinal para que fôssemos embora.

Isso aqui, Virginia apontou para a coxa magra por baixo do vestido, foi isso que o avô de vocês fez. Limpou a garganta e apalpou a blusa procurando pelos cigarros. Ele deu três tiros em mim, disse enquanto tirava um cigarro do maço e o acendia. Quanta baboseira o pai de vocês deve ter contado, acrescentou ao soltar a fumaça.

Pediu ao Claudio que colocasse água para um chá e contou que tudo tinha começado muito antes, que, no dia da agressão, Guido já vinha agindo de maneira descontrolada fazia anos.

Nós vivíamos em Campana, isso é verdade, prosseguiu. Mas tivemos que ir embora à noite, com a roupa do corpo, como se fôssemos bandidos. O teu pai tinha seis anos, o tio Claudio, nove, e eu disse para eles: meninos, Guido não está bem. Do jeito deles, eles já sabiam. Fazia meses que ele andava pelado pela casa e dizia que o teu pai não era filho dele. Ele analisava o semblante, apalpava o rosto e o cheirava a procura de sinais. Teu pai passava por tudo aquilo em silêncio e depois se escondia para chorar. Enquanto isso, começaram a faltar algumas coisas: roupas, calçados e material escolar que eram distribuídos pela empresa. Chamavam aquelas doações de sacolão e elas tinham um pouco de tudo. Foi desse jeito que eu descobri que o Guido tinha parado de trabalhar. Ele era o capataz de uma equipe que montava as fábricas e os galpões para a Techint. Pedi explicações e, como se aquilo não fosse importante, ele me disse que estava cansado de trabalhar. *Il lavoro*, ele se queixou fazendo uma careta e parou de responder as minhas perguntas. Meu irmão nos ajudava, mas não era o suficiente: eu tinha me dedicado às crianças e à família desde os vinte anos e naquele povoado não existia trabalho que não fosse na Techint. Eu morria de vergonha. À noite, sozinha na escuridão, com o cheiro e os roncos do Guido preenchendo o quarto, eu pedia a Deus que me levasse.

Mamãe, Claudio a interrompeu.

Eles são crescidos, Virginia disse sem olhar para nós, já podem saber como foi a vida da avó deles. Lembro das árvores frutíferas que Guido plantou para recordar da primavera em Ligúria e que depois deixou morrer infestadas de pragas, das luminárias do quintal com as lâmpadas queimadas que ele parou de trocar e que deixavam as noites ainda mais escuras. O cúmulo aconteceu em um sábado cedinho quando um homem veio buscar o carro por causa das dívidas: vimos tudo da varanda e o Guido nem saiu da cama. O homem se sentou no banco do motorista, abriu a janela e, antes de dar a partida, jogou no gramado um par de óculos e todos os papeis que estavam guardados no porta-luvas. Naquela mesma noite tomei a decisão. Não podíamos continuar daquele jeito.

Um tio, Virginia prosseguiu, na verdade era um primo-irmão que pela idade eu sempre tinha chamado de tio, sabia da minha situação e me ofereceu um lugar para ficar em Buenos Aires. Ele tinha algumas propriedades e nos cedeu um apartamentinho de três peças, perto do Mercado de Abasto, que os inquilinos anteriores tinham deixado arruinado. Varri, desinfetei, queimei as mãos com água sanitária e desfiz os ninhos de barata que estavam espalhados pelos armários e pelas prateleiras da cozinha. Eu trabalhava e chorava, mas quando via teu pai e o tio Claudio brincando com segurança no tapete da sala, tão pequenos e bonzinhos, o meu coração se iluminava.

No andar de baixo, ela continuou, vivia Elbita, uma vizinha que nos ajudava muito.

Nós a deixávamos louca, coitada da velha, Claudio interrompeu.

Não seja malvado, Virginia sorriu. Aos poucos as coisas foram se encaminhando, eu consegui trabalho, os meninos foram se acostumando com a escola nova, a gente comprava os discos do Sandro que todo mundo escutava. Eles começaram a me pedir as primeiras calças com boca de sino. Pensei que ia dar certo.

O teu pai tinha mais dificuldade, Virginia me disse, ele era retraído, péssimo nos esportes. Depois ele ficou amigo do Tomás, que era como ele, estranho, mas com um sobrenome ilustre e uma família rica que vivia na Recoleta. O menino ligava e eles passavam horas no telefone, depois, com a empregada, buscava o teu pai e eles saiam para lanchar em alguma confeitaria da Avenida Santa Fe, coisas que não eram para meninos daquela idade, gastos que eu não podia bancar. O teu pai nunca o convidou para a nossa casa, não o deixava entrar. Em uma das ligações, peguei a extensão no meu quarto para ver o que eles tanto conversavam.

Tem dois galinheiros e um curral, o Tomás dizia. Parecia que ele estava convidando o teu pai para uma chácara da família lá para os lados de Luján. Depois disse que tinha um trator para aparar a grama que eles podiam usá-lo para passear e fazer não sei mais o quê. Teu pai, que não tinha falado nada até então, perguntou se eles tinham cavalos. Disse que sabia montar, que queria explorar o lugar a trote e falou que a nossa família tinha terras no sul. Imagine a minha surpresa quando escutei uma barbaridade daquelas, tive que tapar a boca. Ele contou para o Tomás que nós tínhamos uma fazenda em uma zona lanífera onde as ovelhas corriam pela planície sem fim, os dias eram claros e no horizonte dava para ver a cordilheira, mas quando o inverno se aproximava, sopravam ventos gelados que derrubavam placas e postes e que eram capazes de levar voando os cachorros pequenos.

Teu pai veio me avisar que ia passar o final de semana na fazenda do Tomás, mas eu não tive coragem de confrontá-lo, fiz que não sabia de nada. Rezei para que ele não caísse de um cavalo e não quebrasse a cabeça. Acho que foi nessa época que ele começou a construir uma vida paralela, nos escondendo como se fôssemos motivo de vergonha.

Já tinha anoitecido e a casa ficou fria. Eu sentia o cansaço da viagem e do esforço para manter a compostura naquela situação tão estranha. Tinha imaginado algo completamente distinto, não aquela conversa que não acabava, aquele lanche familiar cercado por anedotas, todos aqueles abraços. Já está na hora de ir embora, não acha, Martin disse ao voltar do banheiro, fazendo cara de incômodo com a história de Virginia.

De jeito nenhum, ela disse, era disso mesmo que eu queria falar. Deu uma palmada na própria coxa e segurou a bengala cravando os olhos em meu irmão, que terminou se sentando novamente.

Uma tarde, voltei do trabalho, subi o elevador como de costume e quando abri a porta do apartamento o Guido apareceu. Me tapou a boca com força e me jogou para dentro de casa. Quem tinha contado onde estávamos? De que maneira ele tinha descoberto? Nunca consegui saber. *Puttana*, ele começou a gritar, *troia*. Gritei por socorro uma ou duas vezes até que ele me agarrou pelo cabelo e me deu duas bofetadas que me deixaram zonza. Antes disso ele jamais tinha me levantado a mão. *Zitta*, ele me disse encostando o dedo nos lábios. Não consigo esquecer. Tinha os olhos enlouquecidos, não era nem raiva, aquilo era como um transe, ele parecia um monstro.

E daí, não sei como, apareceram os meninos. Do andar de baixo, teu pai e Claudio devem ter escutado os meus gritos, e Elbita, que estava cuidando deles, chamou a polícia.

Eu estava jogada na cama, e o Claudio, paralisado na porta do quarto. Teu pai viu a arma na mão do Guido e pediu que ele parasse. Guido deu dois passos lentos e com um movimento brusco empurrou os meninos contra a calefação. Eles ficaram lá, soluçando. Então ele levantou o braço, apontou e me deu três tiros. Barriga, coxa e joelho. Senti os impactos, o calor, e depois desmaiei. Guido não fugiu. Me disseram que ele foi ao banheiro fazer xixi, deu uma volta pela casa e se sentou para esperar o oficial. Nunca mais voltou a dizer uma palavra em espanhol.

Virginia acendeu outro cigarro e sorriu.

Foi algemado e passou o resto dos seus anos em um manicômio. Acho que morreu de uma úlcera. Uma coisa eu digo para vocês, ela apontou com o cigarro para nós, Guido nunca esteve na Venezuela e duvido que alguma vez tenha subido em um avião.

Claudio nos acompanhou. Virginia já fumava outro cigarro e, da porta, nos acenou com a mão de um lado para o outro. Até a próxima, rapazes, ela disse. Depois bateu a cinza e entrou em casa. Combinamos que ela logo nos visitaria em Buenos Aires. Faz muito tempo que não viajo, tinha dito, por lá eu tenho a minha grande amiga que ficou viúva faz pouco tempo e agora tem a Luninha, minha primeira bisneta. Eu disse que tinha algumas milhas em meu programa de fidelidade e que, se ela quisesse, podia usá-las para não passar tantas horas em um ônibus. Virginia me deu um beijo estalado na bochecha e disse que sim, que seria maravilhoso votar à capital para recuperar os anos perdidos.

No fim das contas, fomos embora sem tirar a fotografia.

Poucos dias depois, em Buenos Aires, saindo do consultório, senti o telefone vibrar e vi na tela uma mensagem do meu pai. Ela mostrava seu nome e sobrenome porque era assim que eu tinha guardado o contado. Era o número italiano que ele usava durante as viagens. A notificação de WhatsApp anunciava uma fotografia. Fazia exatamente dois anos e quatro meses que eu não tinha notícias dele.

Parei no meio da rua e levantei os olhos. Na fotografia, imaginei aterrorizado, eu aparecia caminhando pela calçada. Pensei que ele estivesse por perto, que podia estar me vendo. Pensei que ele soubesse da viagem para Córdoba e que tinha me escrito por isso. De alguma maneira, tinha descoberto. Nós o traímos. Até chegar em casa, não tive vontade de abrir a mensagem, nem consegui me acalmar.

Julia e Luna não estavam. Deixei as minhas coisas na mesa da cozinha e me sentei para olhar o telefone. Na fotografia, dava para ver o contorno de uma cidade e um rastro de espuma sobre a água. Veneza. A tomada tinha sido feita a partir de um vapor que se distanciava. Anoitecia ou amanhecia. Não tinha legenda ou comentário.

O que ele estava querendo dizer? Nossa última troca de mensagens era de anos atrás, as perguntas que eu tinha feito depois de receber o mapa astral. Vivíamos a seis quadras um do outro, mas ele me escrevia da Europa. Não perguntava por mim ou pela minha família, não tinha escrito no aniversário de Luna e tampouco nas outras festividades. Por que agora? Queria dizer que estava longe? Que estava por perto? Era uma desculpa? Uma prova de que estava vivo?

Digitei o nome dele no mecanismo de busca e encontrei uma fotografia. Ele aparece em plano americano e olhava por cima da objetiva: o horizonte, um auditório, algo que não dava para ver. Estava sorrindo? Talvez começasse a sorrir no momento que tiraram a fotografia: uma mão no queixo, um relógio prateado que aparecia debaixo da manga. O cabelo inteiramente branco, mas uma parte da barba, curta, ainda escura. Naquela mesma noite, mostrei para Julia. Não mudou nada, ela disse.

No *Instagram*, ele tinha milhares de seguidores e todas as postagens, assim como a maioria dos comentários, apareciam em italiano. Tinha fotografias de armaduras samurai em uma mostra do Museu Oriental de Paris, jardins zen, pinturas de Jackson Pollock e repostagens de congressos que anunciavam suas palestras em Turín e Roma.

Outra página listava seus artigos de psicologia: *"Studi sull' isteria nella nuova Gestalt"*, *"La personalità borderline"*, *"Il lavoro terapêutico com i gruppi"*. Algumas versões estavam traduzidas ao espanhol e ao inglês e em um fórum seus alunos comentavam os textos.

Depois, escrevi meu nome no mecanismo de busca, mas não apareceu muito, algumas pessoas famosas com nomes parecidos, notícias velhas e um link do portal da faculdade de Psicologia que anunciava os resultados de uma investigação da qual eu tinha participado. Tinha uma outra página com minhas informações fiscais. E nada mais.

Na manhã seguinte, levei Luna para o jardim. Julia tinha uma reunião que começava bem cedo no Ministério da Educação. Preparei o café da manhã para a minha filha e tentei imitar a rotina que elas repetiam todas as manhãs. Luna comia cereais e bebia chá adoçado com duas colheres de mel, fazia xixi subindo no vaso com a ajuda de um banquinho e, aproveitando para comer a pasta com sabor de morango, escovava os dentes por conta própria. Vesti o seu guarda-pó, prendi o cabelo com duas marias-chiquinhas e caminhamos de mãos dadas até o carro.

Mais de dois anos tinham se passado desde a última vez que meu pai a viu, naquela época ela ainda usava fraldas, passava o tempo todo dormindo, não tinha cabelo na parte de trás da cabeça e não era capaz de ficar sentada. Meu pai desapareceu quando Luna estava com sete meses, a mesma idade que a filha dele tinha quando morreu. Lembrei dos traços da bebê na fotografia da casa da Virginia, do sorriso do meu pai em sépia. No espelho retrovisor, com o rosto bem sério, Luna cantava a canção de um desenho animado.

Fiz um breve vídeo da minha filha entrando no jardim: a mochila grande e leve que cobria as suas costas, o tchau que ela dava ao chegar à porta, exagerando o movimento das mãos, a corrida para dentro da sala de aula, ao lado da professora, depois de me mostrar a língua. Nove segundos. Procurei o contato do meu pai. Hesitei um pouco. Queria mesmo compartilhar o vídeo com ele? Enviei. Ele viu o vídeo, mas não me respondeu.

O voo de Virginia era o último saindo de Córdoba, estava previsto para às onze da noite e atrasou meia hora. Fiquei esperando por ela em um café quase vazio, onde a gerente fechava o caixa para a troca de turno. Uma garçonete tirou o avental e a toca com o logo da rede e os jogou sobre o balcão. Como se ele pudesse aparecer a qualquer instante, procurei pelo meu pai no aeroporto. O que ele diria se soubesse o que eu estava fazendo, se soubesse do encontro em Unquillo, do convite para Virginia, se soubesse que conhecíamos as histórias que ele tinha escondido? Eu me esforçava para lembrar que meu pai não fazia viagens dentro do país, que o aeroporto dele era outro e seus destinos, distantes. Ele tinha me ensinado que não se embarca em um avião vestindo bermuda e camiseta, que é vulgar levar bagagem para dentro da cabine. No máximo o passaporte, carteira e um livro.

Virginia cruzou a porta dos desembarques domésticos olhando para trás e apertando sua bolsa bege com força. Tateando o chão com a bengala, como se estivesse prestes a perder o equilíbrio, ela deu alguns passos entre pessoas que desviavam dela com suas bagagens. Ela parecia assustada.

Quando me aproximei, ela sorriu:

Pensei que você tinha me abandonado, disse.

Peguei a sua mala e ela segurou em meu braço enquanto caminhávamos em direção ao estacionamento. Sabia de memória o endereço de sua amiga Graciela. Era lá onde ia ficar hospedada durante as quatro noites que passaria na capital. Tantas lembranças, disse, éramos irmãs, ela foi me visitar várias vezes depois da morte do Andrés, meu segundo marido. Graciela vivia do outro lado da cidade.

No caminho, pediu que eu abrisse um pouco a janela para diminuir a sensação de clausura e, depois, que eu dirigisse mais devagar porque estava ficando enjoada, o avião sempre a deixava desorientada. Contou que nunca tinha gostado do Planetário. Apontou o monumento aos espanhóis e disse: isso é novo. Quando estávamos atravessando a Avenida Corrientes e as ruas escuras do Almagro, relaxou em seu banco e fez carinho em meu pescoço. Você é um anjo, disse. Depois, me falou dos bairros que mais gostava, da última vez que tinha andado de metrô e perguntou onde o meu pai vivia porque não queria encontrá-lo nem por acidente.

O que está me matando de verdade, ela disse, é a vontade de ver a Luninha, que menina mais linda, todos os dias olho as fotografias que você me mandou. Ontem à noite, nem consegui dormir de tanta emoção. Contei para o Claudio que vou preparar uma torta de tangerina que ela vai adorar.

O prédio de Graciela ficava na Avenida La Plata, a duas quadras da Avenida Rivadavia. Você passa para me pegar amanhã?, Virginia quis confirmar. Queria comprar os ingredientes e quem sabe uma velinha para que a menina cante e apague.

Disse que tinha pacientes para atender até tarde, mas que podíamos conversar por telefone para combinar algo, quem sabe um jantar.

Ah, ela disse e abriu a porta.

Peguei um envelope de papel pardo que tinha preparado: uma lista com os endereços e os números de telefone, meus e do meu irmão, e dinheiro para que ela pudesse circular por Buenos Aires. Com sobra, tinha calculado refeições e corridas de táxi.

Virginia analisou e levantou os olhos.

Você está enganado, negou com a cabeça, eu não vim por esse motivo.

Por um tempo permanecemos em silêncio, ela com uma perna na calçada e o resto do corpo dentro do carro, eu com as mãos segurando o volante.

Me desculpe, eu não queria...

Com descuido, ela guardou o dinheiro na bolsa. A gente não precisa brigar, ela disse, devolvo no domingo, quando você me deixar no aeroporto.

Virginia não me ligou no dia seguinte e tampouco no outro dia. Também não liguei. Julia me perguntou o que estava acontecendo e eu contei sobre o dinheiro. No sábado de manhã, tentei o celular dela, mas a chamada deu direto na caixa de mensagens e, depois, um pouco mais preocupado, tentei ligar na casa da amiga.

Oi, meu querido, Virginia disse ao atender.

Perguntei como estava sendo a viagem e a convidei para almoçar: Martín iria conosco, ela poderia conhecer Luna e Julia e passear um pouco por Buenos Aires.

Fomos a uma churrascaria em Olivos que alguém tinha recomendado para o meu irmão. Fazia um dia ensolarado, o lugar estava lotado e as mesas estavam muito próximas umas das outras. Martín colocou o nosso nome na lista de espera e ficamos dentro do carro até nos chamarem. Virginia se aproximou de Luna, que estava sentada na cadeirinha, e fez cócegas em sua barriga. Luna não respondia, durante o trajeto tinha dito poucas palavras, não quis brincar de adivinhações e nem contar sobre o jardim de infância. Depois, Virginia usou as mãos como se fossem garras, rugiu e fingiu que daria uma mordida em sua bochecha. Minha netinha, vou comer você, ela repetia. Luna fez um beicinho, seus olhos se encheram de lágrimas, ela ficou vermelha e começou a espernear e a puxar o sinto de segurança. Virginia tentou oferecer doces. Julia desceu do carro, a pegou no colo e a levou até uns banquinhos que ficavam na sombra para tentar acalmá-la.

Que menina estranha, Virginia comentou. Uma criança que não gosta de doce.

Comemos filés com batatas fritas e Virginia queria que nos dessem os guarda-sóis que cobriam as outras mesas, pois estava desmaiando de calor. Depois, soprou um pouco de vento vindo do rio e o sol começou a baixar. Luna continuava emburrada, disse que não tinha fome e jogou as batatas no chão. Já tinha dado bronca e segurado o seu braço com força, mesmo assim ela deu um jeito de enfiar o saleiro no copo do meu irmão. Eu queria ir embora. Julia me deu um beijo e sussurrou: fique calmo, ela só está cansada.

Em seguida, pedimos sobremesa. Virginia comeu com rapidez, segurando o cigarro aceso com a mesma mão que manejava o garfo. Luna dormiu com o rosto cheio de ranho e de lágrimas. Aproximamos duas cadeiras para que ela se deitasse. Virginia a observou e felicitou Julia: você tem uma filha linda, disse. Colocou um beijo na palma da mão e soprou na direção de Luna.

O pai de vocês, então ela disse para o meu irmão e para mim, que terminávamos a segunda xícara de café, nunca foi generoso a ponto de me convidar, de compartilhar comigo a família dele. Por culpa dele perdemos esse encontro que demorou quase trinta anos para acontecer.

Com a mãe de vocês não foi diferente, sabiam? Nem os avós nem os tios maternos queriam a gente por perto e o pai de vocês nunca se preocupou em dar explicações, ele também preferia que a gente ficasse longe. Nós éramos os pobres, disse. Teve um mês de dezembro, você nem caminhava ainda, teu pai quis passar uns dias na praia e me convidou para ir com vocês para Punta del Este. Ele embarcou o carro na balsa e ficamos em um hotel maravilhoso de frente para o mar. Do quarto, dava para escutar o barulho das ondas. À noite, teus pais saíam para comer e eu cuidava de você, às vezes eles te levavam bem cedo para o meu quarto, quando estava amanhecendo, e voltavam para a cama porque gostavam de dormir até tarde. Uma manhã, fui tomar café por volta das oito, queria fazer uma caminhada pela praia e juntar conchinhas. Pela nossa diferença de horário, era comum que eu não encontrasse vocês até o meio-dia. Mas eu voltei para o hotel e achei estranho vocês não estarem na piscina ou na varanda do bar. Bati na porta do quarto e tentei escutar através da madeira. Nada. Fiquei assustada, você já vai entender por que, e desci correndo para pedir ajuda ao concierge. Pensava que o pior podia ter acontecido mais uma vez, eu tinha a imagem da menina na cabeça. Eu explicava a história para ele e chorava. O homem me conteve. Disse que vocês estavam bem e me passou o envelope que o teu pai tinha deixado para mim. Faz algumas horas que eles foram embora, eles saíram bem cedo, o concierge disse, levaram a bagagem, a conta está paga. E disse que com o dinheiro que ele tinha me deixado eu podia pegar um táxi até o porto.

Virginia acendeu outro cigarro e arrumou o cabelo. Trouxe isso aqui para vocês, ela disse, e tirou da bolsa umas estampilhas. Eram de Santa Mônica. Ela estava representada em uma a óleo hiper-realista: idosa, abnegada e rezando com o olhar piedoso. A mãe de Santo Agostinho, explicou, que devolveu o filho para a fé e para o caminho de Deus. Para proteger vocês, disse.

Eu entendo, Virginia continuou, o pai de vocês, quero dizer, que ele não consiga estar aqui, que não possa acompanhar o crescimento desse anjinho.

Julia tinha coberto Luna com uma blusa, e meu irmão, que verificava o celular a cada dois minutos, já tinha feito sinal para que o garçom trouxesse a conta.

Não acho que o pai de vocês tenha sido o responsável, Virginia disse.

Depois desse comentário, nós três a encaramos.

Vocês não sabiam?, ela perguntou. A família da esposa dele fez a denúncia, teve investigação, o pai de vocês foi o principal suspeito.

Suspeito de quê?, Martín quis saber.

Pelo nariz, Virginia assoprou a fumaça com força antes de prosseguir.

De matar as duas, disse. Eu sempre defendi que aquilo era impossível. Mas o fato é que ele foi interrogado, fizeram perícias, tudo. Não encontraram nada e no fim o processo foi encerrado. Por falta de provas.

Não sabíamos o que dizer. Trouxeram a conta, pagamos e fomos embora. Levamos Virginia até o apartamento de Graciela e fizemos todo o trajeto de volta em silêncio, com Luna dormindo no banco de trás.

Quando chegamos em casa, Julia começou a chorar. Como é que se vive com isso?, ela repetia, como é que se vive com isso?, e mesmo sabendo que a pergunta não era para mim, eu não sabia o que dizer. Ela tentou conversar sobre o assunto e me abraçou. Eu não conseguia chorar, era estranho. Não sabia como era viver com aquilo e não sabia o que fazer com o que tinha acabado de escutar. Com força, em silêncio, retribuí o abraço.

No domingo, Virginia tinha combinado de visitar alguns parentes em Luján e insistiu que eu a acompanhasse. Eu disse que Luna não estava bem, que seria impossível e que ela podia mandar um abraço para todos em meu nome. A chamada terminou, ou Virginia desligou, e no fim, à noite, foi meu irmão quem a levou para pegar o voo de volta.

Beijos. Obrigada. Amo vocês. Vovó, dizia a mensagem que ela me enviou antes de embarcar.

Naquela noite, não consegui dormir. As histórias de Virginia e todas as perguntas deixadas em aberto: não sabia o que fazer com tudo aquilo. Meu pai tinha matado a filha e a esposa. Aos poucos, a ideia foi se apossando de mim. Não conseguia imaginar a cena, o que ele tinha feito? Eu estava preso nas palavras e nas frases, procurava por uma lógica, um motivo. A esposa tinha adoecido depois do parto, a menina não dormia direito, ele tinha que sustentá-las, elas eram uma carga imensa, uma marca para sempre. Ele passou dias sem dormir, era jovem, pensou na empresa, nas mulheres que o visitavam todos os dias para consultá-lo. Toda a promessa de um futuro brilhante estava perdida. A família daquela esposa tinha feito a acusação: meu pai era o culpado do que tinha acontecido, houve uma denúncia formal e uma investigação rápida e inconclusiva.

Não podia ser verdade.

Era uma história que eu preferia ter sepultado com todo o resto, como Martín tinha feito. Se alguém me perguntasse, em vez de dizer que meu pai era um pervertido, um louco, preferia dizer que ele estava morto. Eu me revirava na cama sem conseguir deter o pensamento. Tentei ler, escolher algo na lista de filmes que tinha baixado nos últimos meses, mas a concentração me escapava. Luna tinha começado a passar as primeiras noites sozinha no quarto dela. Arrumamos um colchão no chão e fazia mais ou menos uma semana que o arranjo estava funcionando. Ela não corria para o nosso quarto no meio da noite, nem gritava por Julia. Várias vezes, eu me levantava para ver se estava tudo bem. Luna se descobria, eu arrumava a roupa de cama e esperava que ela começasse a ressonar. Até que um dia, às três da manhã, coloquei minha mão nas costas dela. Luna se acordou subitamente, olhou para mim como se não conseguisse me reconhecer e começou a chorar. Tentei acalmá-la com sussurros, peguei no colo, mas ela esperneou, caiu na cama e começou a chorar ainda mais alto.

Assustada, Julia apareceu no quarto com a camisola cheia de vincos e o rosto tenso, mas logo compreendeu o que estava acontecendo e começou a acalmá-la.

Tentei explicar que ela tinha acordado sozinha, que eu tinha tentado fazê-la dormir para que Julia pudesse descansar, mas Julia me deu as costas antes que eu terminasse e disse que eu não podia continuar falhando com Luna: que o problema era eu.

Nos últimos meses de casamento, minha mãe sempre repetiu as mesmas acusações contra o meu pai. Escutava seus gritos pela porta do quarto, às vezes ela dizia algo durante o jantar: você não é psicólogo, não estudou para isso, não tem diploma, o que você tem é outra mulher. Viram vocês juntos em Punta del Este.

As três primeiras acusações não eram novidade para ela, que o conheceu como um guru da alimentação macrobiótica. A última, ela tinha descoberto naqueles dias: uma amiga da família ligou para contar que o tinha visto no aeroporto do balneário, quando todos pensavam que ele estava em um congresso.

Meu pai baixava os olhos e dizia: é mentira, mentiram para você, investigue, ligue para o hotel, vou pegar a passagem e você vai ver. Mas ele não chegava a se levantar e nunca mostrou nada.

Já fazia alguns anos que suas ameaças, agressões e manifestações de fúria vinham perdendo efetividade. Minha mãe não se assustava mais quando ele ia embora batendo as portas e não ligava para pedir que ele voltasse. No fim, ela o mandou embora de casa. Ele nos contou em um meio de semana, quando nos chamou para conversar na garagem. Entramos no carro, meu irmão e eu no banco de trás, ele no banco do condutor, suspirando com as mãos agarradas ao volante. Depois, ele colocou a chave na ignição, mas não deu a partida.

Ontem à noite, a mãe de vocês pediu que eu fosse embora, ele disse sem olhar para trás, antes de cair no choro.

Eu tinha presenciado muitas discussões entre eles: semanas inteiras de brigas, de gritos, afastamentos e reconciliações que se repetiam todos os anos. De vez em quando, ele ia dormir no consultório. Mas nós nunca tínhamos visto meu pai chorar. Ele virou, estendeu os braços por entre os bancos e segurou as nossas mãos.

Vamos nos ver todos os dias, ele disse. O pai de vocês vai arrumar uma casa bem grande para que vocês possam ter seus quartos e seus brinquedos, uma piscina para que vocês possam convidar os amigos. Ele enxugou o rosto com as palmas das mãos, fazendo pressão sobre os olhos. E se não for possível consertar as coisas com a mãe de vocês, ainda vamos continuar sendo amigos, vou explicar tudo para ela, vamos ficar bem. Ele deu um longo suspiro que pareceu ter saído do fundo dos pulmões e as lágrimas voltaram a correr pelo seu rosto. Ainda amo ela, disse em meio a uma respiração entrecortada. A mãe de vocês é a mulher com quem eu quero compartilhar o resto da minha vida.

Martín também tinha começado a chorar, mas baixinho. No escuro do carro, dentro da penumbra da garagem, eu mal podia ver o rosto dele. Quero ir com você, ele disse para o meu pai. Se você for embora, quero ir junto.

Meu pai puxou Martín entre os bancos e beijou sua cabeça: vocês têm que ficar com a mãe de vocês, ele disse. Cuidem dela, porque ela precisa. Não é fácil para ela tomar uma decisão dessas. Então ele sorriu: não a culpem, escutaram? Isso não é culpa dela. Quero que vocês prometam.

Sentados no banco de trás, nós prometemos. Nem tinha passado pela minha cabeça que um deles pudesse ser culpado, muito menos minha mãe. Eu imaginava que ficaríamos melhor se nossos pais se separassem. Tomara que eles fiquem longe um do outro, pensei.

Meu pai olhou para mim por um instante e sorriu: agora andem para que ela não fique preocupada. Eu volto amanhã à tarde, tenho que mudar alguns horários com os pacientes para pegar vocês na escola, depois conversamos mais. Inclusive, ele acrescentou, podemos ir ao cinema, dar uma volta e vocês me ajudam a procurar uma casa. Então ele deu a partida e insistiu para que fôssemos dormir, ele precisava procurar um lugar, passaria a noite em um hotel.

Meu pai nos abraçou mais uma vez. No dia seguinte, ele sacou todo o dinheiro das contas conjuntas e esvaziou as aplicações com o dinheiro da herança que minha mãe tinha recebido do meu avô Jaime. Depois, desapareceu por três meses.

Minha mãe continuava no prédio onde meu irmão e eu sempre vivemos, os seguranças e os porteiros me conheciam desde pequeno e agora cumprimentavam a minha filha, que aparecia com fantasias e brinquedos para visitar a avó Marcela. Ela tinha instalado redes de segurança em todas as janelas, e tanto as varandas que davam para o rio como o seu escritório tinham se convertido em área de lazer para a Luna. No ano anterior, minha mãe tinha comprado uma cama elástica pequenininha e quadros de ursinhos e de cachorrinhos.

Somos amigas, minha mãe dizia. Ela e Luna saíam para lanchar e para jantar. Elas iam ao teatro para ver espetáculos de fantoches e shows da Disney em pistas de gelo.

Desde o divórcio, minha mãe não falava com o meu pai. Fazia anos que sequer mencionava o nome dele.

Então, enquanto Luna comia uma torrada com mel e assistia a um episódio de Macha e o Urso, preparei um café e me sentei para conversar com ela a respeito do assunto que evitávamos mencionar.

Eu me libertei dele, minha mãe disse como se algo doesse dentro dela. Foi difícil, foi horrível, mas tive meus dois filhos que adoro e agora não quero ter mais nada com ele.

Luna pediu para ver outro episódio e eu deixei.

Ele era um viúvo muito jovem, mas também era muito forte, ela me contou. Chorava quando falava da filha. Além disso, vinha de uma família miserável, a mãe e o irmão sempre pediam dinheiro e ajuda. Não sei muito mais do que isso para te contar. Era um homem bonito, bem-vestido, dava para ver a dor nos olhos dele, na sua insônia, mas ao mesmo tempo ele era bom, atencioso. Uma estrela no mundo da macrobiótica. Depois, eu o acompanhei quando ele começou a atuar como psicanalista e a viajar pela Europa para ensinar psicologia. Não sei quando foi que o ciúme e a mania de controle apareceram, mas não demorou muito, vocês eram pequenos. No fim, ele me seguia quando eu encontrava as minhas amigas para o chá, bisbilhotava as minhas coisas, ligava o tempo todo para saber onde eu estava, mas na verdade era ele quem já saía com essa mulher que hoje vive com ele.

Mariana, eu disse.

Minha mãe fez uma careta.

Pobre coitada, observou.

Não sei se continuam juntos, comentei, faz muito tempo que não falo com ele.

Para mim não faz diferença, respondeu, faz tempo que cansei de falar com ele e não quero falar dele agora, ela sorriu. Me desculpe, de minha parte está tudo bem você procurar por aquilo que precisa, pessoas que fazem parte da tua vida, se isso te serve para alguma coisa. Vou pensar em alguém que possa te ajudar, você sabe que ele sempre corta todos os laços.

Minha mãe se levantou, foi à cozinha e, quando voltou, se sentou ao lado de Luna e comentou algo a respeito da casa do urso que ficava no bosque.

Uma mensagem do meu pai, outra fotografia. Uma longa passarela de mármore e, nas laterais, um teto caindo em duas águas. As extremidades eram decoradas por torres baixas e pontiagudas intercaladas por torres mais altas. Olhei melhor: tudo era feito de mármore, as pessoas caminhavam e se sentavam no chão, dava para ver os turistas com câmeras a tiracolo, uma mulher loira de mochila e camiseta regata bebia água. Ao fundo, a cidade, possivelmente a cúpula da Galeria Vittorio Emanuele e, do outro lado, fora do enquadramento, meu pai talvez apontasse o Palazzo Mediceo. Milão vista da sacada da Catedral. No canto inferior direito dava para notar uma sombra: meu pai com o telefone enquanto fotografava?

Fomos várias vezes juntos àquele lugar. Sempre que passávamos por Milão, meu pai subia os degraus de mármore gasto que levavam à parte mais alta da Catedral e ficava lá observando.

Logo em seguida, mais uma fotografia. Enquadramento fechado: uma rua, um cruzamento, neve e um semáforo com a luz verde acesa. *Walk*. Na marquise de uma loja, enfeites e luzes natalinas. Era uma rua de Nova York. Estávamos no mês de agosto.

Alguns dias depois, Adriana me telefonou. Falei com a tua mãe, disse. Elas eram amicíssimas, tinham se conhecido na escola, viajaram juntas para a Espanha depois do ensino médio e, apesar de Adriana ter ficado em Barcelona por vinte anos e ter construído a vida por lá, sempre mantiveram contato. Com os filhos espalhados pela Europa por causa do trabalho e depois do divórcio com o marido catalão, fazia pouco tempo que tinha voltado para a Argentina. Cheguei a conhecer o sujeito, eu tinha treze ou quatorze anos: era muito alto, não usava desodorante e me convidou para uma farra com prostitutas.

Adriana quis saber de Julia e de mim, perguntou de Luna e do trabalho. Vocês têm que vir aqui em casa, disse. Soube que você está fazendo uma investigação, seu tom não era de deboche, tenho histórias para contar: sobre as viagens do teu pai para a Espanha e sobre os anos que ele trabalhou com design. Talvez te interesse.

Eu não sabia nada sobre a Espanha, muito menos sobre design.

Nos encontramos na casa dela, perto da embaixada dos Estados Unidos no bairro Palermo. Chovia e foi difícil chegar. Nunca tínhamos nos encontrado sozinhos e no começo foi constrangedor. Assim que ela abriu a porta, comecei a falar e continuei enquanto subimos a escada até o primeiro andar. Deixamos meu guarda-chuva na pia da cozinha e nos sentamos para tomar chá. Contei da babá colombiana que tínhamos contratado algumas tardes por semana e de como Luna tinha relutado em aceitá-la. Por sorte, acrescentei, ela estava adaptada ao jardim e isso nos dava um pouco de fôlego. Impaciente, Adriana escutava. Com a colher, comprimiu o sachê de chá contra a borda da xícara.

Trabalhei com o teu pai por bastante tempo, ela me interrompeu.

Não sabia, respondi sorrindo.

Ele tinha um projeto para criar uma empresa de design, continuou. Adriana percebeu meu espanto: eu segurava a lapiseira sobre uns papeizinhos que ela tinha me emprestado, aqueles blocos amarelos que ficam ao lado do telefone para anotar recados, e escrevi "design", de maneira lenta e em caixa alta. Você era pequeno, não vai lembrar, esclareceu. Foi durante o primeiro governo Menem e a ideia era boa. Teu pai dizia que a Argentina estava pronta para apreciar e consumir sofisticação, qualidade, coisas que não existiam por aqui, que não eram produzidas. E era verdade. A nossa produção era muito provinciana. Antes da instalação do Buenos Aires Design, na Recoleta, ele idealizou um centro de design.

Ergui a mão e interrompi: no começo dos anos noventa ele se dedicava à macrobiótica, o que ele entendia de design?

Adriana gargalhou, depois pigarreou algumas vezes como se estivesse engasgada. Falava com a voz de quem fumou a vida inteira: teu pai não tinha nenhuma familiaridade com aquele mundo, mas eu o vi dar palestras sobre história do design para especialistas, disse. Quando ele terminava, as pessoas se aproximavam para fazer perguntas. Jorge Lenzi era o contato principal e adorava o teu pai, estava fascinado. Exilado, ele era um designer argentino que tinha recebido prêmios e que trabalhava com grandes empresas europeias. Existem lâmpadas, cadeiras e poltronas com a assinatura dele que continuam sendo produzidas no mundo todo. Em uma reunião importante em Valência, eu me lembro, foi no lobby do hotel, antes de um jantar, teu pai desceu com um terno alinhadíssimo, sapatos impecáveis e uma maleta. As mulheres se alvoroçavam quando ele passava, algumas perguntavam se era o Andy García, o galã de *O poderoso chefão*. Ele deixou todo mundo encantado. Apresentava o projeto usando uma entonação neutra, um espanhol cosmopolita, sem argentinismos. Explicava o câmbio favorável, a abertura do mercado, a expansão do consumo. Lembro que o cabelo dele me chamou a atenção, um penteado eriçado, igual ao dos arquitetos e cineastas da época, um estilo à la Tim Burton. Era sempre organizado, mas naquele dia ostentava uma desordem premeditada como se fosse um artista. O teu pai era um grande sedutor, se você deixasse ele falar, te convencia de qualquer coisa. Sabia que o discurso dele era superficial, algumas vezes eu o flagrei improvisando, mas a verdade é que eu gostava de estar ao lado dele, era divertido.

Adriana riu como se lembrasse de algo e procurou o meu olhar. Acho que eu percebia o que estava por trás do comportamento dele e, embora ele sempre tenha sido correto comigo, às vezes eu dizia para a tua mãe tomar cuidado.

De qualquer maneira, disse, tudo tinha um lastro real: a ideia era boa, ele era inteligente, brilhante. Lenzi me dizia: entende mais de design do que eu. Teu pai comprava revistas americanas e inglesas de arquitetura e decoração, devorava cada uma delas e avançava para cima de qualquer um. Que eu me lembre, o único que desconfiava, que parecia implicar, era o assistente do Lenzi. Corrigia, questionava, parece que uma vez eles se estranharam. Mas ficou por isso mesmo. O Lenzi não dava bola para as advertências dele. Se não fosse a quebra da nossa economia, possivelmente o projeto teria dado certo. Basta ver o Buenos Aires Design.

Adriana se levantou para pegar frutas secas no armário. Vestia um jeans branco e botas de couro. Colocou castanhas, passas e nozes sobre a mesa.

O teu pai não gostava de trabalho, disse selecionado algumas castanhas. Gostava de falar, mas a papelada, a gestão, o dia a dia, ele deixava comigo. Às vezes me tratava como um capataz, sendo que eu trabalhava com aquelas pessoas fazia mais de quinze anos. Eu tinha a minha própria empresa de restaurações e estava indo bem.

Ela riu como se contasse uma piada, uma anedota divertida. Imagine, teu pai deu entrevistas para a Televisão Espanhola a respeito do projeto, falou da importância social do design, citou Niemeyer e Philippe Stark como se fossem íntimos.

Comentei que era difícil imaginá-lo voltando daquelas viagens para Buenos Aires, atendendo pacientes de macrobiótica, ou analisandos, não sabia se naquela época ele já tinha começado com a psicanálise.

Ele se transformava no homem que projetava, Adriana me interrompeu. Desembarcava do avião convencido de que era Freud, ou ao menos a imagem dele. Riu novamente. Mas dava para notar. Se você se aproximasse o suficiente, dava para notar.

De repente, Adriana girou o corpo, olhou para as garrafas sobre o aparador e perguntou se eu queria beber alguma coisa. Whisky? Tenho Chivas 18, o preferido do teu pai.

Obrigado, respondi. Não.

Ela se serviu em um copo com gelo e um pouco de água.

Às vezes, ele era ríspido na maneira de falar, chegava a ser agressivo. Minha lembrança é de que ele deixava as pessoas sem reação, desorientadas, indefesas, como naquela passagem por Valencia. Nos convidaram para um jantar patrocinado pela Andreu, uma empresa de design catalã superimportante, uma das principais da Espanha. Estávamos em um restaurante celebrado e o lugar estava lotado. Fizemos o pedido, a mesa era comprida e, quando o garçom trouxe o vinho, como que por instinto, o levou direto ao teu pai. Imagine, nos sentamos ao lado de gente importante, pessoas do meio empresarial catalão, sequer podíamos pagar a conta. Todos se detiveram para observar a cena, enquanto o garçom manejava o saca-rolhas com dificuldade. O rosto do teu pai se alterava à medida que ele observava a garrafa. E antes do homem servir a primeira gota, ele disse que o *albariño* não estava na temperatura correta. O garçom levantou os olhos e consultou os demais que estavam à mesa. Acho que devia ter vozes e ruídos ao fundo, o lugar era moderno, seguramente tocava alguma música, mas eu lembro de um silêncio absoluto e do teu pai cada vez mais irritado. É uma vergonha, ele disse sem tirar os olhos do garçom, que se encolheu sem saber o que fazer com a garrafa que custava uma pequena fortuna. Você não pode vir até aqui, nos atender assim e esperar que esse vinho seja bebido dessa maneira, teu pai disse. Gaguejando, o homem se ofereceu para providenciar um balde de gelo, mas teu pai disse que era para ele ir embora, que não queria mais vê-lo e que era para comunicar ao maitre que, ou nos atendiam de maneira apropriada, ou procuraríamos outro lugar. Olhei a mesa cheia de pratos e entradas, aperitivos, garrafas de água e de refrigerante. O garçom recuou com a garrafa aberta e ninguém falou nada. Pense, o almoço era pago pela empresa, mas não teve uma queixa, nenhum daqueles empresários pseudo-socialistas defendeu o pobre coitado. Ele te fazia se sentir desse jeito, como se você estivesse em dívida e não tivesse refinamento suficiente. Teu pai continuou comendo e voltou a conversar com as pessoas ao lado dele. Elas o escutaram sorrindo até o fim do jantar.

 Terminei o meu chá. Já tínhamos comido as frutas secas. Olhei para ela: ultimamente, Adriana vinha pintando o cabelo com uma tonalidade ruiva intensa. Pensei nas reuniões que teve com meu pai, nas viagens e congressos.

 Com o copo vazio e o gelo derretido, subitamente ela perguntou o que eu estava procurando.

 Exatamente isso que acabamos de conversar, disse. Saber a respeito dele, esclareci, compreender a relação que tivemos, quem ele tinha sido antes. Sorrindo, comentei que ele era um narrador habilidoso. Depois, sério, acrescentei: mas não tenho certeza se consigo compreender por que ele é assim, por que nos desencontramos.

Ninguém pode te responder isso, ela disse olhando a tela do celular.

Contei do medo que sentia por Luna, da filha do meu pai e da morte sobre a qual ninguém falava.

Ela me interrompeu: a filha dele, repetiu, sobre esse assunto ele conversou comigo em Barcelona, faz anos. Adriana encolheu os braços contra o peito e negou repetidas vezes com a cabeça: imaginar as duas se atirando no vazio, ela disse, disso eu não consigo esquecer.

Minha filha ganha de aniversário uns presentes lindos, embrulhados como se fossem surpresas em um filme de Natal: papeis verdes, vermelhos e laços. Estamos na sala de casa, sozinhos. Ela fica empolgada com os doces que encontra ao lado dos cartões. Pede ajuda para abrir os plásticos que os envolvem e escolhe um pirulito. Eu me viro para procurar alguma coisa, não sei exatamente o quê, e então ela começa a gritar. Está assustada, tremendo, e me mostra uma agulha saindo do caramelo. Como isso pode ter acontecido? Examino a boca de Luna, a língua e as gengivas, mas não encontro vestígios de sangue. Tiro o pirulito da mão dela. Seguro a agulha com cuidado, mesmo assim, de alguma maneira, ela fica encravada, começo a sangrar. Como a agulha está presa a um fio, eu o puxo, caminhando com passos largos entre os presentes espalhados pelo chão.

Agitado pelo sonho, acordei de madrugada e me levantei. Ainda estava escuro e tinha poucas luzes acesas nos prédios ao redor. Verifiquei as mensagens e encontrei uma do meu pai. Saudações, dizia. Não mencionava o meu nome e dessa vez não tinha uma fotografia. Também não tinha um texto em tom de despedida ou o início de uma conversa que aparecia do nada.

Tinha algo de esperança e de ingenuidade na crença de que a reconstrução da história do meu pai poderia me ajudar com o medo que eu sentia por Luna. De qualquer maneira, eu continuava. Desde o grito de Julia durante a viagem para as serras, quase dois anos tinham transcorrido. Nunca contei para ela sobre o mapa astral ou sobre as perguntas que eu me fazia. Tentava me livrar do meu pai, compreendê-lo para não repetir seus erros, para não passar adiante o que quer que fosse que ele tinha me deixado. Aquilo era algo que eu precisava fazer sozinho. Li a palavra "design" no papelzinho amarelo que tinha deixado sobre a mesinha de luz.

Por que ele tinha desaparecido daquela maneira? O que tinha de verdadeiro nos relatos que escutei em Unquillo, nas palavras de Adriana, naquelas vidas e histórias contadas e repetidas?

Lembrei do Felipe e de algo que ele tinha me dito nos dois anos de análise que fiz com ele, no final da graduação. O consultório dele ficava em uma sala muito acolhedora, com paredes cobertas por prateleiras de livros que iam do chão ao teto. Lá estavam os incontornáveis volumes verdes de Freud, os marrons claros com os seminários de Lacan, revistas, romances e biografias. A escrivaninha dele sempre estava cheia de papeis com anotações feitas à mão e uma luminária que iluminava o centro, com pilhas de livros abertos dos lados, como se a minha chegada tivesse interrompido uma produção importantíssima. Sempre tinha um caderno novo, folhas soltas e diferentes obras de referência sobre uma espécie de púlpito. A primeira vez que ele me cumprimentou foi com um aperto de mão bem forte e assim as nossas sessões continuaram. Nunca usamos o divã. Eu me sentava em uma poltrona aconchegante e olhava para algumas gravuras em branco e preto que ficavam atrás da cabeça dele. Felipe era alto, tinha o nariz grande e menos de quarenta anos. Com as mangas da camisa arregaçadas e os sapatos folgados, ele parecia ser uma pessoa calma, astuta e talvez um pouco entediado.

Eu fazia tudo que tinha que fazer: não me desesperava, racionalizava, revisava o dinheiro várias vezes antes de entrar na sessão para não me enganar, contava sonhos interessantes, mas nada parecia comovê-lo. Na faculdade, corria o boato de que os analistas arrumavam os nossos primeiros pacientes e eu esperava que ele me ajudasse.

Contava para ele sobre as garotas com quem eu saía, sobre as minhas cenas de ciúmes, sobre as cenas de ciúmes delas, coisas que naquele momento me atormentavam, falávamos de dinheiro: eu trabalhava como assistente em uma clínica de reabilitação para viciados e queria ir morar sozinho. Às vezes, eu falava de teoria e de psicanálise para tentar impressioná-lo. Era desejável que um sujeito fosse capaz de analisar a si mesmo, todos os meus professores da graduação diziam. Do meu pai, falamos pouco, Felipe conhecia as informações básicas: que não tinha estudado, que viajava bastante, que vivia com a namorada depois de uma separação encarniçada com a minha mãe. Ele não fazia comentários, como se aquilo não fosse um assunto importante, mas bufava a cada vez que eu mencionava a Gestalt. Na parte final, contei para ele das broncas e da impaciência que ele demonstrava quando éramos pequenos: meu pai não era especialmente violento, nunca nos machucava ou nos batia com força, mas era imprevisível. Uma bofetada te surpreendia no meio de uma brincadeira, depois de um almoço, quando você fazia uma brincadeira. Parava o carro de um lado da rua, fazia o contorno e te encarava, olhando fixo. No final daquela sessão, Felipe prolongou o cumprimento de despedida: se você não sabe de onde vem a ameaça, você vive submisso àquele que te ameaça, disse como um monge propondo uma revelação e fechou a porta do consultório.

Saudações, depois de um tempo, respondi a mensagem do meu pai e comecei a preparar a mesa do café da manhã sem fazer barulho, embora ainda faltasse duas horas para o despertador tocar.

Na semana seguinte, viajei para Córdoba. Peguei um voo que saía cedo de Buenos Aires e voltava à noite. Tinha telefonado para o Claudio e pedido que ele reservasse uma manhã para conversar comigo, apenas algumas horas. Ele foi me buscar no aeroporto. Disse que também gostava da ideia de me encontrar, que era importante manter o contato. Tirei o dia para conversarmos com tranquilidade, explicou enquanto caminhávamos em direção ao carro. Contou que tinha começado a trabalhar como taxista porque estava de licença da escola onde era zelador. Esperava que a aposentadoria fosse confirmada em poucos meses. Preciso consertar o eixo dianteiro, disse na saída do estacionamento, as rodas rasparam nos para-lamas e soltaram cheiro de queimado. O espelho do lado do passageiro tinha sido arrancado.

Ele parou em Villa Allende, na metade do caminho para Unquillo, em um quiosque de empanadas. Não tinha clientes. O café daqui é excelente, disse. Nos sentamos em uma mesa do lado de fora, na beira da estrada.

Perguntei sobre a vida do meu pai, antes da morte da primeira esposa e da filha. Expliquei que não tínhamos fotografias guardadas, que não sabia com quem conversar, para quem fazer perguntas e que eu precisava saber da história.

A gravidez mexeu com a Raquel, ela ficou transtornada, Claudio começou. Era uma moça boa, apegada à família, mas depois do parto, ela passou semanas sem abrir a boca, sem tocar na bebê. Nos primeiros passeios pelo bairro, queria entregar a menina para quem encontrasse na rua.

Ainda não tinham trazido o nosso café. Peguei o caderno para tomar notas. Não queria gravar a conversa com o celular. Nos dias anteriores, tinha pensado bastante a respeito do que fazer, pois sabia que precisava do depoimento dele e não podia correr o risco de perdê-lo. Escrevi "a esposa queria entregar a menina para estranhos" e depois "(Raquel)".

Não sabia, disse, achava que ela mal tinha visto a menina, que depois do parto ela tinha sido internada em uma clínica até o dia da tragédia. Lembrava ou acreditava lembrar, palavra por palavra, aquilo que meu pai tinha me contado vinte anos antes.

Não, de jeito nenhum, Claudio disse. Os três sempre viveram juntos na mesma casa. Mas ela tinha alguma coisa estranha com a menina. Quando saiam passear, as pessoas paravam, comentavam que era uma bebê linda, faziam festa e a Raquel dizia que podiam levá-la se quisessem, que ela dava de presente. Não era brincadeira. Os familiares dela viviam por perto e sempre a acompanhavam ou a seguiam. A psiquiatra tinha dado orientações claras para que ela não ficasse sozinha com a bebê, mas não falou de internação.

Na verdade, Claudio se corrigiu enquanto a garçonete deixava os cafés e os croissants sobre a mesa, uns dois ou três meses depois do parto, ela passou alguns dias em uma clínica porque tinha tentado o suicídio, acho que foi com comprimidos, não tenho certeza, não posso jurar.

Fiz perguntas sobre Raquel. O nome dela tinha aparecido pela primeira vez durante a viagem para Unquillo. Nunca tinha visto fotografias, nem escutado descrições a respeito dela. Conhecia apenas o relato de uma mulher que tinha enlouquecido e matado a filha antes de tirar a própria vida. Um horror.

Uma moça normal, simpática, ele me interrompeu. Claudio parecia ter certeza de tudo que dizia. Nunca imaginei que aquilo pudesse acontecer, continuou, ela era uma pessoa alegre, boa. A família dela tinha uma oficina mecânica no Palermo, eram italianos, muito unidos. Ela e o teu pai foram morar a poucas quadras da oficina, em um apartamento que era do pai dela.

Depois de molhar um croissant no café e comer com duas mordidas, ele prosseguiu. Ela era de escorpião, que é o signo do sexo e da morte. Os escorpianos são exagerados, às vezes tomam decisões como a que ela tomou.

A interpretação astrológica me surpreendeu. Eu pensava a história a partir da doença e da loucura. Suspendi a caneta, sem saber o que escrever. Claudio percebeu e em seguida esclareceu:

Naquela época, eu estudava bastante sobre os signos e os planetas. Contaminei teu pai com a curiosidade, ele também ficou interessado pelo assunto durante um tempo. Fiz mais de trinta mapas astrais, e o da Raquel era assustador. Faz anos que não mexo mais com isso, mas lembro que a posição do suicídio aparecia de maneira clara. Não contei para ninguém, hoje não sei se fiz o que era certo, mas naquela época me pareceu a decisão mais apropriada. Às vezes, dizer algo funciona como um gatilho. Nas aulas, ensinaram que o planeta regente na casa oito, que diz respeito à maneira como o indivíduo vê a morte e o sexo, é uma posição perigosa. Ela tinha o mesmo regente nas casas um e oito, ou seja, era uma pessoa que procurava pela morte.

Não sei, Claudio disse e baixou o olhar. Apareceram muitas explicações. Depois, teu pai contou que a Raquel e a família esconderam dele as crises e depressões da adolescência, que se ele soubesse... Minha mãe sempre diz que teu pai foi muito duro quando eles descobriram a gravidez, que ele proibiu a Raquel de continuar trabalhando, que ela se sentia como uma prisioneira. Raquel era aeromoça, gostava de voar, viajava para a Europa, Londres, Roma, Madri, trazia coisas de fora para vender e assim conseguia um pouco mais de dinheiro, de independência. Subitamente, Claudio ficou sério: tomara que você descubra alguma coisa, que seja possível explicar o que aconteceu.

Ficamos em silêncio. A poucos metros, pela estrada, passavam caminhões e o barulho de uma construção em um posto de gasolina na outra quadra chegava até nós. O sol já estava em cima das nossas cabeças, não tínhamos mais sombra. Tomei um gole do café, que estava frio e com gosto de queimado.

Se não me engano, Claudio recomeçou, teu pai planejava uma viagem para Córdoba. Virginia estava insistindo para que ele a visitasse. Ela gostava muito da menina. Então, dizendo que ia sentir saudade, Raquel pediu para ficar um tempo sozinha com a bebê. Ele tomou uma decisão errada, depois reconheceu. Raquel disse que queria dar um passeio de carrinho pelo bairro, todos eram conhecidos, o quitandeiro, a cabeleireira, o jornaleiro e o dono da floricultura, as pessoas de sempre. Vamos supor que Raquel saiu com a menina às seis da tarde. Por volta das dez, teu pai me telefonou para dizer que elas ainda não tinham voltado. Naquela época, eu vivia em Buenos Aires, nos víamos pouco, quase nunca conversávamos, mas percebi que ele estava desesperado.

Dividimos tarefas e lugares para procurar por elas. Teu pai parecia aéreo, como se estivesse perdido. Nos separamos sem olhar para a cara um do outro. Passei por delegacias e hospitais, lembro de ter pedido que o motorista do táxi percorresse devagar as ruas do bairro. Baixei as janelas dos dois lados, procurava nas calçadas e nos jardins, nas entradas das casas, mas também olhava as janelas dos apartamentos, como se elas pudessem aparecer de repente. Naquele momento, pelos antecedentes dela, eu estava preocupado com Raquel. Talvez eu estivesse com receio, mas não tinha coragem para pensar no que podia ter acontecido.

De madrugada, nos reencontramos e decidimos parar com as buscas. Não tinha muito mais que pudéssemos fazer. Acompanhei teu pai até em casa. Eles moravam em um prédio baixo, o apartamento ficava no térreo. Fui embora me perguntando como faria para dormir. Na verdade, cheguei em casa e me revirei na cama sem conseguir pregar os olhos. Eu estava no apartamento que tinha pertencido ao marido da minha mãe, o Andrés, os locatários tinham ido embora e, enquanto não apareciam novos, me deixaram ocupar o lugar. Ficava no bairro de Flores, no cruzamento das avenidas Boyacá e Gaona. Lembro de ter olhado para o leste, eu estava na varanda, e de ter visto a conjunção da Lua com Saturno. Comecei a chorar. Eu sabia. Por isso voltei pro apartamento do teu pai bem cedo, devia ser cinco e meia, talvez seis horas da manhã. Tudo estava em silêncio no corredor externo. Não vi luzes nas janelas, mas escutei um lamento e passos descendo a escada. Na parte de cima, tinha mais dois ou três andares e depois um terraço com a lavanderia. Vi um homem descendo o último degrau. Ele se apoiou na parede do corredor. Era o tio de Raquel, um napolitano enorme, ele passava a vida debaixo do capô dos automóveis, entre as engrenagens, e tinha dedos que pareciam alicates. Tinha encontrado com ele em alguns aniversários, mas acho que nunca chegamos a conversar. Ele estava pálido, desfigurado. Não me via, apesar de eu estar a dois metros dele, escutando-o respirar, soluçar. Por fim, levantou o rosto e olhou para mim. A expressão dele ficou contraída: não pode ser, disse, não pode ser, e cobriu o rosto com as mãos imensas. Subi a escada correndo e fui direto para o quartinho de lavar roupa. A porta era de alumínio, tinha um vidro fosco e estava entreaberta. Entrei e dei de cara com as duas. O corpo da bebê estava no chão. Raquel estava pendurada em uma viga do teto e tinha cortado os pulsos, como se daquela vez ela não pudesse errar. Claudio baixou os olhos. Acho que ela não premeditou o que aconteceu com a filha, para aquilo ela não elaborou um plano. Acho que foi a maneira que ela encontrou para não poder voltar atrás, fazer algo terrível que a obrigasse a acabar com tudo.

Ficamos em silêncio.

Meu pai subiu as escadas?, perguntei enquanto tentava imaginar a cena. Ele tinha dormido no mesmo prédio, passado a noite a poucos metros das duas. Esse era um detalhe macabro, assim como a possibilidade de que a esposa e a filha não tinham estado na rua, de que a procura tinha sido em vão.

Foi um dia difícil, Claudio disse, o sol, o barulho, tudo parecia irreal.

E o meu pai?, insisti.

O tempo passava de um jeito estranho, acho que minha mãe não estava em Córdoba, mas na verdade...

Mas o meu pai foi até lá, Claudio?, interrompi.

Não sei, ele disse. Não lembro de quase nada do que aconteceu depois. Rapidamente, o lugar ficou cheio de policiais, mas não sei se ele viu os corpos. Sei que logo em seguida eu larguei o meu servicinho, naquela época eu fazia bico como pedreiro, e fui trabalhar com ele na loja de produtos macrobióticos. E posso te dizer que pouco tempo depois, uma questão de semanas, de meses, vi que ele estava melhor. Recomeçou a vida. Parecia estar bem.

Senti enjoo. Tive a impressão de que aquilo que estávamos fazendo era mentira e que eu precisava sair dali naquele instante, correr para o aeroporto, voltar para casa, abraçar a minha filha, trabalhar, esquecer de toda aquela história.

Você está bem?, Claudio perguntou sorrindo, exibindo a dentadura, o rosto enrugado, as lentes dos óculos um pouco sujas. Inspirei profundamente e me esforcei para retribuir o sorriso. Disse que sim.

Quem ele era antes?, perguntei. Antes da tragédia, queria acrescentar, mas o Claudio compreendeu.

Teu pai sempre foi esquisito, desde pequeno, não levava os amigos para a nossa casa e em Buenos Aires só saía com meninas que moravam na parte chique da cidade. Apelidamos ele de Pequeno

Duque: comia com bons modos, falava de um jeito diferente, era decidido, elegante. Nunca soltou um peido. Tinha um tipo de autoconfiança que o tornava refinado. Depois, com os pacientes da macrobiótica, isso ficou ainda mais evidente. Cuidava deles, dizia o que podiam e não podiam fazer. Ele sabia de tudo. Teve discussões com o Juan Manuel Dorado, que era a principal autoridade da época, e montou sociedade com um rapaz chamado Adrián, com quem trabalhou por vários anos. Era um sujeito intenso, cheio de energia. As pessoas gostavam dele. Gostavam tanto que, pouco tempo depois, ele acabou sendo presidente da Associação Macrobiótica Argentina.

Não fiquei surpreso que tivesse chegado a presidente, fosse de uma associação importante ou não. Mas como ele tinha começado com a macrobiótica? Um rapaz de Campana, que se mudou com a mãe para o bairro de Almagro e que escutava os discos do Sandro quando voltava da escola. O destino dele era para ser parecido com o do Claudio.

O teu pai teve uma doença muito grave, Claudio disse.

Eu sabia algo a respeito. Úlcera. Tinha escutado ele falar. Pensava que aquele problema tinha aparecido depois do episódio com a filha, comentei.

Não, ele respondeu, de jeito nenhum. Começou bem antes. É uma história antiga.

Pedi que ele continuasse, disse que qualquer informação servia, que me fazia bem saber, ao menos eu acreditava que me faria bem em algum momento, que eu não tinha a menor ideia do que o meu pai tinha feito antes de eu nascer.

Teu pai progredia rápido em todos os sentidos. Cursou disciplinas livres no ensino médio e adiantou um ou dois anos, era precoce, não sei para onde ia, mas ele sempre dava um jeito. Depois do serviço militar, conseguiu trabalho como representante em uma companhia que prestava serviços terceirizados para outras empresas. Equipamento, alguma coisa relacionada com computadores e sistemas de informática em uma época que ninguém sabia do assunto. Logo de cara ele se saiu bem. Sem perder tempo, abriu o próprio negócio e os clientes o acompanharam. Então a economia quebrou e veio a hiperinflação. Você tinha que fazer malabarismo, os preços estavam completamente descontrolados. Parece que teu pai começou a pagar os fornecedores com cheques sem fundo, as dívidas foram se acumulando, as pessoas pressionavam, ele não dormia. Começou a sangrar. Passou quase um mês internado no Hospital Francês. Eu fazia visitas. Embora ele sempre tenha sido pálido, naquela época ele tinha cor de papel. Imagino que as cobranças não pararam, ele era um rapaz de vinte anos. Os médicos não sabiam o que fazer. Pensaram que era leucemia, fizeram exames. No fim, mesmo sangrando e estando pálido como um defunto, ele pediu que lhe dessem alta. Voltou ao trabalho, tínhamos certeza de que ia morrer. Acredito que alguém encontrou com ele na rua por acaso e o levou para consultar a Dora. Ela falou da macrobiótica, montou uma dieta, o salvou.

Dora de quê?, perguntei.

Dora Klimovsky de Palazzi, disse. Não esqueça desse nome.

Meu pai tinha falado dela, disse que era uma mulher que cozinhava por encomenda. É um pouco tosca, ele tinha dito. Imaginava uma senhora de idade, obesa, com as bochechas rosadas, remexendo panelas e secando as mãos em panos de pratos puídos. Uma personagem secundária.

Teu pai passou de paciente a especialista, Claudio disse.

Fazendo um sinal afirmativo com a cabeça, ele continuou: é como eu sempre digo, teu pai lê a contracapa de um livro e explica o conteúdo. Não como se tivesse lido, mas como se ele mesmo tivesse escrito.

O sol batia em cheio em nosso rosto, quando Claudio terminou o segundo café. Um pouco de vento soprava pela estrada e, embora eu não transpirasse, sentia a pele queimando. Faltavam muitas horas para o meu voo de volta. Claudio sorriu e pegou o meu copo de refrigerante. Posso?, perguntou.

Queria fazer algumas perguntas sobre o Guido, disse. Contei da importância que o nome do avô teve durante a minha infância: ele sempre aparecia nas histórias do meu pai como um homem abnegado, parcimonioso e resignado com a mulher louca que tinha como esposa, um homem devotado ao trabalho. De acordo com meu pai, ele tinha deixado ou perdido vários filhos na Itália antes de vir para a Argentina, filhos de uma mulher que ele teve lá. Os tiros e a loucura, tudo que Virginia tinha contado, contradiziam o relato do meu pai.

Vamos fazer um churrasquinho lá em casa, Claudio propôs, meus filhos estão viajando, podemos continuar a conversa lá.

Pedi a conta e, enquanto caminhávamos para o carro, ele apontou para uma casa de materiais de construção. Explicou que o lugar estava crescendo, que existiam muitas obras em andamento, falava sobre os vizinhos e os moradores do lugar, sobre a administração do último prefeito e parou ao perceber que eu mal respondia. Todas as vezes que tentei falar com minha mãe sobre o Guido, ela acendia um cigarro e virava a cara, Claudio justificou. Eu dizia para ela "deu três tiros a um metro de distância, mas não te matou, se ele quisesse, ele teria acabado com você". Claudio gargalhava. Eu escrevia tão rápido quanto podia.

É que desde a morte do meu pai, e isso que demoramos para saber da morte dele, Claudio continuou, eu fiquei apenas com o que ela me contava. Éramos pequenos quando ele faleceu. O Louco, Virginia dizia, nunca Guido e muito menos pai. O Louco gritava e afirmava que vocês não eram filhos dele, ela dizia. O Louco sumia por vários dias ou se trancava no quarto, sem abrir as cortinas, para chorar e praguejar em italiano. Não lembro dele desse jeito. Minha mãe sempre foi de inventar.

Claudio estacionou ao lado de uma mercearia e entramos. Me ofereci para pegar o vinho e a salada. Apesar de ser meio-dia de domingo, ele prometeu que arranjaria um corte bom. Aqui eles me conhecem, disse, miolo de pernil.

Meus tios maternos, Claudio retomou a história quando nos encontramos na fila do caixa, me contaram que o Guido era um bom pai, que ele se preocupava e cuidava da gente.

Durante os anos que ele ficou internado depois dos tiros, vocês devem ter se encontrado pouco, disse, vocês o visitavam na clínica psiquiátrica?

Não ficou internado, respondeu, isso é história da minha mãe. Ele passou dois ou três meses em um hospital e depois o consulado italiano intercedeu. Era um veterano de guerra e parece que os médicos diziam que não estava louco. Também não foi preso. Foi viver com os meus tios, voltou para San Nicolás, perto de Campana. Com os irmãos da mulher em quem ele atirou, dá para acreditar? E meus tios diziam que ele ia nos ver na capital, que nos espiava na saída do colégio. Depois de um tempo, ele inclusive nos levou ao cinema. Não era afetuoso, nada carinhoso. Nunca nos disse que sentia saudade, que gostava da gente e nunca falou daquela tarde, dos tiros. De qualquer maneira, lembro de que teu pai e eu gostávamos daqueles momentos que passávamos com ele.

Chegamos na casa do Claudio e fomos direto para o quintal. Me sentei à mesa para continuar com as anotações enquanto ele ajeitava a churrasqueira: em cima de uns tijolos e um monte de cinzas velhas, umedecidas, estavam alguns ferros retorcidos. Claudio era muito parecido com meu pai. Olhando para ele de perfil, pensei que dava para confundir os dois. Achei engraçado imaginar meu pai limpando a churrasqueira com uma escova, vestindo camiseta furada e bermudas. Mas também senti pena.

Abri o vinho e ele acomodou a carne sobre a grelha fria.

Depois conversamos sobre Luna, como se precisássemos de uma trégua. Olhamos as brasas que ele espalhava e a carne que começava a ganhar cor, pingando gordura sobre o carvão. Claudio disse que gostaria de ser avô e que se surpreendia com a distância que meu pai tinha tomado depois do nascimento de Luna. Imagino que ver a criança crescer faria bem para ele, Claudio disse.

Veja isso, ele me mostrou o vídeo do exame final que seu filho Maximiliano fez no conservatório de música: o rapaz tocava saxofone vestindo uma camisa folgada e colete. É um artista, disse, e isso que eu fui um péssimo pai, os divórcios, sempre correndo atrás de mulher. Apesar de tudo, meus filhos cresceram bem.

Comemos na varanda. Dava para ver um pouco da serra, estava silencioso e tinha a sombra de uma aroeira. Depois, Claudio trouxe uvas e cuspimos as sementes no barranco.

Vocês são muito diferentes, eu disse, ele e você.

Claudio riu. Foi apenas naquele momento que percebi um dente faltando em sua boca. Ele esvaziou o copo de vinho e colocou os pés sobre a mureta, descansando as costas na cadeira.

Minha mãe sempre apontou muitas diferenças entre nós, disse. Não sei como foi para o teu pai.

Ficamos em silêncio por um tempo. Olhei o celular, não tinha nenhuma mensagem.

Uma vez, Claudio recomeçou, eu me lembro, nós já morávamos na capital, eu tinha dezoito anos, bem antes da minha mãe mudar para Córdoba com o Andrés. Ela deixava eu fazer tudo que me dava na telha. Teu pai, já adolescente, estava começando a jogar tênis no River Club. Ele gostava de esportes elegantes e tinha economizado para comprar o equipamento. Minha mãe era obcecada com a organização da casa e, uma tarde, voltando de um torneio, ele deixou o porta-raquetes na poltrona da sala. Ele estava entrando no banho, ela disse para ele guardar. Passou um tempo: dez minutos, talvez menos. Eu estava na mesa, com o rádio ligado, comendo umas torradas. Ela me pediu para baixar o volume, escutou a água do chuveiro, pegou o porta-raquetes dele, abriu a janela e atirou do sétimo andar.

Que terrível, disse surpreso. Imaginei o porta-raquetes caindo na rua, arrebentando contra o piso e uma versão jovem da minha avó que continuava com as tarefas de casa como se nada tivesse acontecido.

Era uma pessoa dura, Claudio disse, muito agressiva, sentia muito desprezo. Naquela época teu pai e eu trabalhávamos e a regra era deixar em casa a metade do salário. Então conheci aquela que seria a minha primeira mulher e decidi me mudar para viver com ela. No mesmo almoço que fiz o anúncio, minha mãe disse para o teu pai que ele tinha dois meses para ir embora. Não fazia sentido, ele era mais novo, tinha acabado de terminar o ensino médio, mesmo assim ela deu a ordem. E ele foi embora, obedeceu.

Contei para o Claudio da visita que Virginia fez a Buenos Aires, que depois daqueles dias decidi me distanciar. Ela também não tinha retomado o contato.

Virginia sempre culpou o Guido, mas ela também tinha as histórias dela. Ela se encontrava com um "amigo", Claudio fez aspas com os dedos. Ao que tudo indica, foi aquele amigo que emprestou o apartamento na capital e foi assim que pudemos nos mudar. Um dia, depois da escola, ela nos fez arrumar as mochilas e nos levou da casa de Campana para aquele sétimo andar na rua Billinghurst. Foi quase um sequestro. As coisas eram tensas e difíceis em Campana, mas ela não tinha se separado do

Guido, fez tudo num rompante. Foi então que ele nos encontrou e disparou os três tiros nela.

Acredito que teu pai dizia essas coisas a respeito do Guido porque no fundo ele gostava da gente. Tem uma fotografia, Claudio disse e pensou um pouco, vou conseguir essa fotografia para você. É das mais antigas, teu pai tinha dois ou três anos. Lembro do dia. Era o aniversário de quinze anos de uma prima, tinham alugado um lugar bonito. Na fotografia, somos vinte e tantos, pessoas mais velhas, tios, amigos, e na fila da frente estávamos as crianças. Só que o teu pai, que era o menor, aparece no colo do Guido, que olha para ele e acaricia o cabelo dele. Acho que o teu pai se agarrou nisso, era uma das poucas coisas que ele tinha para se agarrar. Naquele dia, lembro como se fosse hoje, tinham vestido a gente com uma roupa especial e várias crianças saíram para brincar no pátio, tinha chovido, teu pai escorregou e sujou as calças. Minha mãe, na frente de todo mundo, o levantou e o chacoalhou, deu uns puxões de orelha e deixou ele sozinho, chorando, enquanto ela saiu para fumar.

Começava a esfriar e Claudio arrumou o elástico das calças.

Vou levar você, disse.

Deixamos os pratos na pia da cozinha e quando abri a água quente ele me disse que era para esquecer, que ele dava um jeito quando voltasse, eu era um convidado.

O carro dele não funcionou. Claudio tentou várias vezes, abriu o capô, mexeu, empurramos pela rua de terra e no fim ele me passou o telefone de um taxista que vivia lá perto. Nos abraçamos. Gosto de você, sobrinho, ele se despediu, você e eu somos muito parecidos.

Cheguei em casa por volta da meia noite. Julia e Luna dormiam em nossa cama, minha filha de atravessado, com a cabeça sobre o peito da mãe e as pernas em cima da mesinha de luz.

Dentro de nós existem forças *yin* e forças *yang*. As primeiras são o princípio feminino: a terra, a escuridão e a absorção, as formas passivas. As outras forças, ao contrário, são o céu, a luz e a ação. Para o taoísmo, o objetivo da vida é a procura do equilíbrio entre elas. A macrobiótica, que empresta elementos do budismo zen e da medicina tradicional do Japão, fala de alimentos predominantemente *yin* ou *yang*. Para cada pessoa, ela propõe uma dieta especial que aliviará os padecimentos do corpo e os excessos da mente.

Consegui alguns livros sobre macrobiótica e comecei a estudar. Em casa, Julia me observava sublinhar aquelas edições caseiras com princípios radicais e receitas que eu nunca ia preparar. Tinha contado algumas coisas para ela. Ela sabia da Viagem para Unquillo, da história de Adriana. Sabia que eu tinha começado a fazer anotações, que minha mãe não tinha aceitado falar sobre o assunto. Seguidamente, Julia perguntava por novidades, queria saber dos meus progressos, escutava as descobertas que eu ia fazendo, dizia que ia me fazer bem desenterrar um pouco a história. Ela usava essa palavra: desenterrar.

Eu sabia que nas últimas semanas ela tinha tido problemas com um grupo de jovens no trabalho: um grande banco tinha cortado o financiamento. Ela estava angustiada, previa que as coisas iam ficar complicadas. Mesmo assim, eu me limitava a fazer perguntas superficiais sobre as decisões que ela tomava diariamente. Alguns jovens ela não poderia continuar ajudando, alguns projetos ficariam congelados, oportunidades seriam perdidas para sempre, e em casa eu ficava o tempo todo lendo sobre cereais, células cancerígenas e avançava com minha investigação.

Nyoichi Sakurazawa tinha criado a macrobiótica durante as primeiras décadas do século XX. Escreveu trezentos livros, dentre os quais seis autobiografias. Li a terceira, *The Fatality of*

Science. Ele nasceu perto de Quioto, em uma família samurai muito pobre, e nunca teve acesso à educação formal. Em um império milenar que se abria ao Ocidente, onde desembarcavam novas tecnologias e se adotavam novos costumes, a vida feudal e campesina se deteriorava rapidamente, os homens fugiam para trabalhar nas cidades e muitas mulheres ficavam para cuidar das terras e dos filhos. A mãe de Nyoichi se formou enfermeira com os voluntários da Cruz Vermelha: aprendeu a fazer transfusões, administrar morfina e acreditar nos progressos técnicos da ciência positiva. O império japonês, que enviava tropas para a Manchúria e para as Filipinas e sonhava em conquistar a Índia, decretou uma lei proibindo a medicina tradicional e contratou assessores europeus para modernizar seu exército e o sistema de saúde. Naqueles anos, o açúcar importado do Ocidente transformava as dietas e os costumes rurais e a primeira grande epidemia de tuberculose eclodiu. Sem insumos, os hospitais improvisados não davam o suporte necessário e em pouco tempo a mãe de Nyoichi identificou os sintomas em seu próprio corpo. Àquela altura, já era tarde e ela tinha infectado seus filhos, desnutridos em função da alimentação escassa.

De acordo com o relato de Nyoichi em suas memórias, seu irmão mais novo foi o primeiro a morrer, em seguida sua irmã e, finalmente, sua mãe. Ele, que na adolescência tinha começado um caminho espiritual em um monastério que ficava próximo à sua aldeia, decidiu escapar ao destino da família. Desenganado pelos médicos, retomou os ensinamentos e costumes alimentares milenares e se recuperou sem ajuda, décadas antes do descobrimento de uma cura alopática. Inventou uma disciplina e viajou o mundo transmitindo seu conhecimento. Viveu na Europa, onde escreveu sob diferentes nomes artísticos e publicou toda sua obra. Na França, adotou o pseudônimo George Ohsawa, porque George era um nome mais popular e o seu sobrenome era a resposta fonética à pergunta *como vai?*, em francês, *oh, ça va*.

Oshawa, com o *h* depois do *s*, era o nome do centro que meu pai fundou com as assinaturas e o dinheiro de Daniel e Fernando, os irmãos da minha mãe. Além de diretor, ele era o único empregado. O centro era o seu consultório, ou seu consultório era o centro, e estava repleto de fotografias do mestre japonês sorrindo, careca, em preto e branco.

Na minha infância, em casa éramos vegetarianos e, obviamente, macrobióticos radicais. Comíamos arroz integral em todas as refeições, milho, triguilho e trigo sarraceno, lanchávamos uva passa e chá verde. Lembro do meu pai indicando algum alimento e contando uma história a respeito de Ohsawa. A que eu mais gostava era a do bombardeio que pôs fim à Segunda Guerra Mundial. Os japoneses não se rendiam e o exército norte americano, covarde, prepotente, usou as bombas atômicas conta a população civil. As bombas destruíram as cidades de Hiroshima e Nagasaki, ele contava, e quem não morreu no momento da explosão morreu mais tarde, vítima de cânceres brutais, dando à luz filhos deformados e monstruosos em uma terra estéril e de águas envenenadas. Ohsawa era uma figura controvertida em sua terra natal. Na Europa, idealizou um tratamento de urgência: uma dieta macrobiótica voltada para combater as radiações. Fez a proposição dessa dieta ao imperador Hirohito por meio de uma carta aberta que foi publicada em periódicos de diversos países. A solução encontrada por Ohsawa protegeria os organismos afetados pela água, pelo ar e pela terra contaminados: o consumo de sal, de ameixas curtidas e de arroz integral podia reduzir o impacto, inclusive reverter os efeitos. A história terminava nesse ponto, com a enunciação da solução heroica. Algumas vezes, no entanto, meu pai acrescentava que, depois de meses de silêncio, sem resposta oficial, Ohsawa foi comunicado de que sua cidadania japonesa estava sendo revogada e de que o exercício da macrobiótica, sob pena de prisão e de inabilitação, estava sendo proibido aos médicos do Japão.

    Jaime, meu avô materno, me contou que quando eu tinha seis meses eles me levaram à Espanha para conhecer meu tio Daniel, que naquela época vivia por lá. Ele nos acompanhou. A bagagem que os meus pais levavam, ele me disse, tinham pouca roupa, apenas o básico, ou nem isso, nada além de um agasalho. Por outro lado, eles levaram ebulidores, panelas de pressão, amassadores de legumes e sacolas de cereais. Eu não conseguia acreditar, meu avô disse. Tua mãe acordava de madrugada e se trancava no banheiro do hotel para te preparar não sei que tipo de leite de aveia ou de milho. Lembro de que estávamos no campo quando ele me contou essa história. Ele estava assando o churrasco, eu estava saindo da piscina e ele apontou para o meu peito afundado: naquela época você era ainda mais magro do que você é agora. Ele ergueu o dedo mindinho e o dobrou um pouco: magro desse jeito, disse. Uma tarde, durante aquela viagem, eu apertei as tuas costelas e senti que elas podiam ser amassadas como purê. Eu olhava para você e chorava, ele me disse com seriedade. Depois daquilo eu insisti com a tua mãe para que ela te alimentasse melhor, mas ela não queria me escutar, teus pais pareciam loucos, e você demorou bastante para andar. Chegamos a pensar que você não ia conseguir. Você era um encanto: falava, brincava, aprendia as músicas, mas sempre sentado, apoiado, não tinha jeito, você não ficava em pé. Ele me serviu mais um pouco de moela e olhou para mim. Para crescerem fortes as crianças precisam comer carne, proteínas, ele disse com os olhos úmidos.

    Meu pai tinha começado a trabalhar com macrobiótica desde muito jovem. Ele contava que tinha estudado na Alemanha e, quando estava no consultório, mostrava uma foto pendurada na parede na qual aparecia falando para o público ao lado de um homem muito loiro: aquela foto era a prova de que tinha estado na Alemanha. Depois tinha ido para Boston trabalhar com Michio Kushi e a esposa dele, os dois discípulos prediletos de George Ohsawa. Meu pai contava que tinha vivido na residência do casal, que tinha aprendido a teoria com ele e as receitas com ela, que trabalhava na cozinha enquanto o marido se trancava na biblioteca para escrever seus livros e artigos. Ela também fazia o papel de intérprete. Com a dignidade de um samurai derrotado, Michio trabalhava nos Estados Unidos enquanto renegava o idioma e os costumes locais. Amava o Japão, mas dizia que o Japão não tinha espaço para os seus ensinamentos.

Quando voltou para a Argentina, meu pai abriu um negócio de produtos e cursos macrobióticos e, vários anos depois, o Centro Oshawa, em homenagem ao mestre que nunca conheceu. Lá ele fazia reuniões mensais para as quais convidava alunos e pacientes para uma aula magistral sobre algum tema. Às vezes, nós o acompanhávamos: minha mãe ajudava a acomodar as pessoas e servia xícaras de chá verde ou de bardana, eu me sentava perto do meu pai e repetia algumas fórmulas ou máximas da macrobiótica que arrancavam risadas dos participantes.

Muitos daqueles pacientes que eu conhecia, e cujas histórias eu escutava durante as refeições em nossa casa, continuaram no consultório do meu pai quando ele deixou a macrobiótica e decidiu se dedicar à psicanálise. Alguns vinham jantar em nossa casa em Buenos Aires ou nos visitavam em Punta del Este. Embora não se falasse mais de cereais e de conservas, de panelas de pressão e de energias, mas de conteúdos latentes e atos falhos, todos o chamavam de doutor.

Não via a Nora desde pequeno, desde os verões em Punta del Este, e foi difícil conseguir o endereço eletrônico dela. Ela tinha sido amiga do meu pai antes do casamento dele com a minha mãe e eu esperava que ela pudesse me contar mais alguma coisa sobre Raquel e sua filha. Meu pai falava dela com frequência. Ele sempre contava alguma anedota de quando eles eram jovens. Ela tinha feito o convite para que ele fosse na casa dela, insistiu que tinha uma coisa importante para contar. Preocupado com a urgência do pedido, ele foi e encontrou a porta do apartamento aberta. Percorreu os corredores chamando por ela e a encontrou deitada na cama, à meia luz, de calcinha. O relato dele enfatizava o cabelo esparramado sobre o travesseiro e os seios pequenos, como se fossem de um menino, com mamilos que pareciam tampinhas de refrigerante. Sempre que contava essa história, ele juntava os polegares com os indicadores para formar círculos sobre o próprio peito.

Nora entrou no café alguns minutos mais tarde do que combinamos e levantou os óculos de sol para olhar as mesas. Eu a reconheci imediatamente. Ela sorriu. Estava com uns sessenta anos, vestia roupa de ginástica e usava maquiagem. Mal se sentou, perguntou por Luna. Soube que você é papai, disse. Falou dos filhos, que eu não via há muito tempo, mas que apareciam em uma fotografia do meu aniversário de sete anos: uma menina loira sorrindo com os polegares levantados e o irmão mais novo, agarrado à saia dela, se escondendo envergonhado. Depois olhou para mim e me disse que não sabia se tinha como me ajudar, mas que eu podia perguntar o que eu quisesse. Ela entendia a importância do que eu estava fazendo.

Perguntei como ela tinha conhecido meu pai. Foi no consultório de nutrição que eu tinha naquela época, disse, no cruzamento da Paraguay com a Ecuador. Eu tinha escutado alguma coisa sobre a macrobiótica e me aproximei para saber do que se tratava. Eu o vi trabalhando, com muita intensidade e carisma, ele tinha pacientes em lista de espera, mas encontrou um horário para mim. Pelo trabalho que fazia, ele era chamado de consultor, consultor macrobiótico. Ele já estava passando pelo luto, o episódio com a esposa e com a filha tinha sido recente. Sobre a primeira esposa dele, escutei apenas histórias, mas diziam que ele a tinha pressionado muito e suponho que, quando ela ficou mal, ele não deve ter aceitado um tratamento tradicional. Ela era aeromoça, viajava todas as semanas e ganhava um extra trazendo coisas do exterior. Ele sempre dizia que ela tinha sido uma mulher forte, saudável, extrovertida até os últimos meses, e que vinha de uma família próspera.

Me disseram que era uma família superunida, eu a interrompi, sim, mas tinham uma oficina mecânica no Palermo e moravam em cima do próprio negócio. Não acredito que fossem ricos.

Nora se deteve. O seu nariz, pequenino, ficou enrugado enquanto ela apertava os lábios.

Teu pai falava desse jeito, disse. Aumentava as coisas e depois tinha que viver com aquilo que superdimensionava. Quando conheceu a tua mãe, foi a mesma coisa, ele me contou que ela era psicóloga e que era uma profissional excelente, Nora disse. E eu sei que ele também pressionou muito a tua mãe, soube que eles se separaram. Felicite a Marcela por mim.

Nora olhava pela janela do bar enquanto eu terminava as anotações. Era cedo, um sábado de primavera no bairro Colegiales, e já fazia calor.

Ele era um consultor macrobiótico muito bom, ela continuou, isso é verdade, todo mundo dizia isso e inclusive ele me ajudou com a gravidez do Octavio. Ele preparou uma dieta e o parto foi maravilhoso, completamente diferente do da Isa, que demorou horas e me fez sofrer horrores.

    E por que ele mudou?, perguntei, por que ele passou a trabalhar com psicoterapia?

    As coisas que ele pedia para os pacientes eram impossíveis, Nora respondeu. Ele impunha regras muito estritas e difíceis de seguir. As pessoas entendiam o que tinham que fazer, as dietas, as rotinas e, mesmo assim, não faziam. Isso devia deixá-lo frustrado e o teu pai não tolerava a frustração: ou tudo era perfeito ou tudo era uma merda. Talvez o episódio com a esposa também tenha influenciado. De qualquer maneira, Nora disse, falta análise para ele. Nora terminou a xícara de chá e limpou a marca de batom da borda. Quando o reencontrei, ele dizia que fazia *Gestalt*. Aquilo pareceu estranho, mas eu não sabia direito do que se tratava. Quem faz *Gestalt*?, ela disse, o que significa? Ele me explicou algumas coisas, mas eu não o entendi. Ele dava voltas, dizia coisas vagas, estranhas. Você não está levando em conta o inconsciente, e isso é só o começo, disse para ele, levando em conta as barbaridades que tinha escutado ele dizer. Ele riu: são palavras ultrapassadas, lembro de que ele me disse isso.

    E como foi que vocês deixaram de se ver?, perguntei.

    Nós fomos amigos, ou algo parecido com isso, durante pouco tempo. Quando vocês eram pequenos, o fato de termos filhos da mesma idade, conhecidos em comum, de passarmos os verões em Punta del Este, nos aproximava. Dez anos depois, nos encontramos ao acaso. Ele me reconheceu em um café e se aproximou. Durante alguns meses, nos finais de semana, bem cedinho, nos encontrávamos para conversar na Avenida del Libertador, em frente ao Jardim Japonês. Eu saía para correr e o encontrava lá. No começo, ele era muito atencioso comigo, afetuoso, falávamos do trabalho e das nossas coisas. À medida que os encontros foram avançando, ele foi mudando. Opinava, me dava conselhos, dizia o que eu tinha que fazer e o que me convinha. Uma vez, me disse que ia participar de um congresso no Chile, justamente de *Gestalt*, disse que tinha sido convidado para dar uma conferência. Depois me perguntou se eu queria ir com ele. Fiquei constrangida porque ele tinha me falado da namorada, das suas tentativas de engravidar. Dei risada, como se aquilo fosse brincadeira, mudamos de assunto, mas eu comecei a me questionar. O que eu estava fazendo lá? Por que eu o encontrava? Ele já não era mais afetuoso e nem atencioso. Falava dos meus filhos que ele mal conhecia, dos problemas dele, opinava sobre o companheiro com quem eu saía, dizia que eu tinha que deixá-lo, que ele era um idiota. Quando eu me queixava de alguma coisa, ele ria como se estivesse gostando. Deixei de atender os telefonemas dele, e isso que ele insistiu bastante, mensagens e chamadas a toda hora. Uma manhã, ele apareceu aqui em minha casa, veio em uma moto chamativa, grande e barulhenta, que ficou estacionada em cima da calçada. Eu o vi chegando da janela do primeiro andar. Ele tocou a campainha e posso te dizer uma coisa, Nora me mostrou o braço sobre a mesa, eu ainda fico arrepiada quando lembro. Eu não me mexi um centímetro. Ele se aproximou e tentou espiar pelas frestas da persiana, insistiu mais algumas vezes com a campainha. Eu segurava o cachorro para que ele não fizesse barulho. Depois de um tempo, teu pai foi embora e eu não soube mais nada dele até o dia em que recebi a tua mensagem.

O *google* apresentava dezenas de entradas: Dora tinha escrito livros, dava cursos e comandava um restaurante macrobiótico há quarenta anos. Em alguns vídeos, ela aparecia dando entrevistas.

Dora era uma mulher idosa, devia estar perto dos oitenta anos, cabelo pintado de ruivo e um olho que parecia cego. Era magra e suas mãos fortes lembravam um tronco rugoso, atravessado por veias e tendões.

O primeiro dos vídeos parecia ser um bloco de um programa de tv a cabo. Ela conversava com a jornalista e levantava o livro para a câmera em momentos nem sempre oportunos: cortando uma frase, no meio de um silêncio. O cenário era improvisado, uma planta ao fundo, uma mesa com um copo de água para cada uma delas. A entrevista começou com as novidades e promessas do livro, que se chamava *Receitas e segredos da macrobiótica na sua cozinha diária*. É voltado para todas as pessoas, Dora esclarecia, qualquer um que queira viver melhor, ter mais saúde. Realmente, ela arrumava uma mexa de cabelo e enfatizava, qualquer um pode preparar estas receitas e comprovar como as alergias desaparecem, as dores gástricas e os ritmos da digestão se apaziguam, a qualidade do sono e do descanso melhora. Bom, ela concluía, a macrobiótica é uma mudança de vida.

O restaurante de Dora ficava no Palermo. Pedi para Julia que fôssemos comer lá, talvez eu pudesse encontrá-la, aproximar-me. Será que ela lembrava do meu pai? Quando tinham se visto pela última vez? Fazia no mínimo trinta ou trinta e cinco anos, calculei.

Fizemos uma reserva para jantar com Luna em uma noite de setembro com calor de verão. Era um restaurante bonito, que não destoava dos lugares da moda que ficavam na mesma quadra, tinha luzes baixas e madeiras em tons claros. Estava quase vazio. Na parede da entrada, em letras grandes, estava escrito: "50 por cento de cereais integrais – 20 por centro de frutas e vegetais cozidos – 20 por cento de proteína vegetal – 5 por cento de picles e algas – outros 5 por cento de sopas", um manifesto saudável, um guia que me fez lembrar da minha infância. Comentei isso com Julia, ela quis saber mais, mas eu não tinha certeza de quando a comida começou a mudar na nossa casa, quando tinham aparecido os primeiros empanados, os queijos e os sorvetes. Foi uma transição lenta, disse para ela, de limites que se atenuavam e se apagavam.

Reconheci Dora sentada em uma mesa ao lado da porta. Ela estava acompanhada por dois homens magérrimos e enrugados que liam revistas e tomavam sopa com colheradas lentas que ficavam suspensas sem derramar uma gota.

Eu a cumprimentei com um sinal e ela não respondeu: voltou os olhos para o prato dela. Começamos mal, pensei.

O garçom nos levou para uma mesa que ficava perto do ar-condicionado e nos ofereceu o menu, mas em pouco tempo começamos a sentir frio e trocamos de lugar. Fiquei incomodado com a ideia de que Dora nos visse dando voltas. Luna disse que ia escolher e caminhou entre as mesas enquanto comentava o que estávamos fazendo com sua vozinha estridente. Tome cuidado com o ar gelado que você pode pegar um resfriado, disse para Julia. Por aqui, por aqui, nos orientava, e à medida que avançava, todos a olhavam. Ela se divertia dando voltas por aquele restaurante sem crianças, até que uma senhora pediu que ela se aproximasse e ofereceu um pão de fermentação natural. Então Luna ficou tímida e se afastou o quanto pôde até sentar-se em uma mesa que ficava perto da janela.

Também sentamos e analisamos o cardápio. Luna pediu espaguete integral com molho de tomate (Julia omitiu a parte do cardápio que dizia "integral") e, depois que o garçom anotou os pedidos, a própria Dora veio perguntar se ela queria com um pouco de queijo de cabra. Luna escutou com bastante atenção, olhando detidamente para o olho coberto pela catarata, disse que preferia sem nada e que muito obrigada. Dora acariciou o cabelo dela. Julia e eu respondemos com um sorriso.

Dora entrava na cozinha, ia até o caixa, sugeria pratos e supervisionava os garçons. Das outras mesas, as pessoas a chamavam, faziam comentários e a parabenizavam. Deve estar o tempo todo aqui, disse. Julia concordou e acrescentou que era importante saber por quanto tempo mais ela ia estar. Comemos tudo que nos trouxeram. Tinha insistido em pedir alguns pratos a mais, como se aquele pequeno excesso, a conta um pouco mais expressiva que a das outras mesas, desse o direito de eu me apresentar e de fazer perguntas.

Quando terminamos, Luna correu até um balcão onde estavam as sobremesas e escolheu uma. A sobremesa não parecia nada tentadora, mas quando ela escolhia alguma coisa era impossível fazer com que mudasse de opinião. Eu queria evitar a manha e o escândalo. Perguntei ao gerente o que era: é um *tiramisù* com alfarroba e cacau, o creme é feito com tofu, ele disse. Olhei para Luna e ofereci o flã ou o bolo de frutas que estavam ao lado. Ela insistiu.

Quando voltamos para a nossa mesa, ela comeu com gosto. Dora se aproximou para parabenizá-la. É linda, disse, o apetite, os bons modos, levantou os dedos magros para listar, e como se comporta bem. Julia olhou para mim, era a oportunidade.

Dora, disse e me levantei um pouco da cadeira, um gesto entre o cumprimento e a reverência. Por que eu a chamava de Dora como se a conhecesse? Ela não se surpreendeu, naquele lugar todos sabiam quem ela era. Pode parecer estranho, disse, mas estou investigando algumas coisas sobre meu pai. Julia segurou a minha mão. Ele esteve vinculado à macrobiótica no passado, disse, e acredito que você o conheceu.

Se esteve na macrobiótica, seguramente ele me conheceu, ela disse, e embora estivesse sorrindo, não era uma brincadeira.

Conte para ela, Julia me disse.

Quem é o teu pai?, Dora me perguntou.

Disse o nome dele.

Dora arqueou as sobrancelhas.

É claro que o conheço, disse. Eu o salvei, não posso acreditar que você seja o filho.

Ela olhou para mim, olhou para Julia e para Luna.

Faz muitos anos que perdi o rastro, tem muito tempo que não sei nada a respeito dele. Ela fez uma pausa. Mas olhe, hoje alguém veio almoçar aqui, me disse que tinha feito macrobiótica e que o teu pai tinha sido o consultor dele... A frase ficou suspensa, como se pudéssemos encontrar um sentido na coincidência. Tantos anos sem saber nada e em um dia ele reaparece assim.

Ela fez outra pausa, levantou os olhos, acariciou o cabelo de Luna e prosseguiu:

É claro que eu o conheci, é claro.

Ela apontou para o queijo de cabra que estava na mesa.

Essa cor, disse, é escura se for comparada à da pele do teu pai quando ele veio me ver. Com a ajuda da minha assistente, eu preparava o arroz integral para ele, nós o filtrávamos, e isso fez com que as feridas cicatrizassem. Depois aconteceu aquela tragédia. Você conhece a história, não?, perguntou. De qual mãe você é filho?

Da Marcela.

É óbvio, porque a primeira se suicidou. Aquilo foi terrível. Sim, é claro que posso falar a respeito dele, eu o conheci melhor do que ninguém, fui a consultora dele. Depois o Sánchez Trejo veio da Espanha e nós nos distanciamos. Mas me diga uma coisa, teu pai está vivo?

Sim, respondi, embora tenha bastante tempo que não nos vemos.

Ele era tremendamente sedutor, inteligente e disciplinado, isso eu tenho que reconhecer, ela disse. E ele sabe que tem uma neta tão bonita?, perguntou olhando para Luna, que catava as últimas migalhas da sobremesa macrobiótica.

Sabe, respondi.

Dora assentiu.

inguém o conhece como eu, disse. Volte durante a semana, depois que terminarmos o serviço do almoço, e então eu te conto. Foi uma época difícil.

Voltei poucos dias depois. Dora estava sentada na mesma mesa ao lado da porta, e tinha outro homem idoso que dessa vez não tomava sopa, mas revolvia cenouras e brócolis em um prato. Procurei um lugar nos fundos e pedi o prato do dia. Era a comida da minha infância: glúten, arroz integral, verduras cozidas no vapor. O restaurante estava cheio, mas quase todo mundo comia em silêncio. Comecei a ler um romance do Bolaño e a cada tanto espiava o celular. Foi Dora que se aproximou da minha mesa.

Você é o filho, não é?

Nos cumprimentamos com um beijo. Ela me disse que se eu esperasse um pouquinho, poderíamos conversar. Esperei. Seguia as páginas do livro, mas a olhava de esguelha percorrendo as mesas, conversando com os garçons e com o gerente. Teve um momento em que ela entrou na cozinha, saiu com uma xícara de chá, a deixou ao lado do meu livro e continuou com os seus afazeres.

Escute, disse alguns minutos depois, enquanto se sentava. Tenho tantas coisas para te contar, podia começar por qualquer parte, então acho melhor você perguntar, o que você quer saber?

Disse que estava me encontrando com pessoas que tinham conhecido meu pai, que todos tinham deixado de vê-lo, que ele sempre repetia aquelas rupturas e separações na vida dele. Contei que havia dois anos que ele tinha desaparecido e que eu estava tentando descobrir quem ele era.

É um farsante, Dora começou. Me desculpe a franqueza, mas a primeira coisa que me vem à cabeça é isso. Ela olhou para mim. Você sabe que você é parecido com o teu pai, não?

Sorri.

Eu o conheci bastante, prosseguiu, acompanhei o romance dele com Raquel, a primeira esposa, ela era cliente do restaurante. E ele, no princípio, também tinha sido cliente. O lugar que eu tinha naquela época se chamava Yin Yang, ficava na rua Paraguay, nós servíamos comida e oferecíamos cursos. Naquela época a macrobiótica estava muito mais voltada para curar do que para prevenir e proporcionar qualidade de vida, que é o que fazemos hoje. Pessoas muito, mas muito doentes, vinham nos ver. Éramos a última alternativa. E teu pai veio com uma úlcera de duodeno.

Dora bebeu um gole de chá e arrumou o cabelo.

Ele era muito jovem e branco como uma folha de papel, estava transparente, sentindo muita dor. Com a ajuda da minha assistente naquela época, Sonia, procurei nos livros algo que pudesse ajudá-lo. Nunca tínhamos tratado de um caso como o dele.

Era muito grave?, perguntei.

Terrível, ela respondeu. Os médicos tinham dito para ele que não tinha mais nada que pudesse ser feito. Descobrimos que o creme de arroz podia cicatrizar as feridas dele. Era um processo extenuante, tinha que cozinhar o arroz integral de uma maneira específica, depois processá-lo e filtrá-lo com uma peneirinha. Mas o teu pai era muito metódico e disciplinado. Ele comeu apenas aquilo durante um mês. Nunca se desviou das orientações. Lembro de uma noite... Sonia, que gostava muito dele, me telefonou de madrugada e me disse que teu pai estava sangrando e que ela ia na casa dele para preparar o creme de arroz. Sonia o amava, é verdade.

E a Sonia era muito estudiosa, uma pessoa preparada, não alguém como ele, que começou a trabalhar sem experiência, Dora disse. Sonia lia publicações em inglês e em francês, tinha passado anos na cozinha. Acabei me desentendendo com ela, ela não terminou bem, mas enquanto estivemos juntas ela foi uma pessoa da minha total confiança. Ela se dedicava à cura dos pacientes. Lembro especialmente da esposa de um amigo meu e do meu marido. Eles eram diplomatas, viviam no Peru, e a mulher desenvolveu um câncer na língua que não cedia e nem melhorava com o tratamento por radiação. Eu conversava com o marido depois de cada boletim médico e ele parecia apavorado, sem esperanças. As notícias eram cada vez piores. Ela teve metástase, começaram a falar em amputações, restavam poucos meses de vida. O que nós podíamos fazer? Eu não podia me afastar do restaurante por tanto tempo, mas Sonia viajou, esteve quase um ano por lá e a mulher ficou curada. O marido me telefonava feliz, entusiasmado com os avanços, os filhos me mandaram cartas de agradecimento e presentes. Mas imagine que a mulher, depois de recuperada, de uma hora para a outra, começou uma greve de fome, não tinha jeito de fazê-la comer, ela recusava as sondas e acabou morrendo. Dora bebeu outro gole de chá, olhou para o restaurante quase vazio. A loucura dela não a deixou viver, disse. A macrobiótica era tão potente que atuava contra a vontade dela: curou o câncer, mas ela queria morrer e no final atingiu seu objetivo.

Não era preciso fazer perguntas, Dora prosseguia com o relato.

Com o teu pai aconteceu o contrário. Ele melhorou rápido e isso o convenceu. Ele ia todos os dias ao meu restaurante, não era um empregado, mas parecia que trabalhava para mim. Ele levava os amigos, conhecia os *habitués*, sugeria pratos. Foi quando ele se apaixonou, ficou encantado com a Raquel. Era um amor estranho, agora eu percebo, depois que aconteceu tudo que aconteceu. Ele falava como se ela fosse inalcançável, se aproximava de mim e dizia "é tão bonita, nunca vou ter uma chance". E ela era uma mulher bonita mesmo, mas não era para tanto, além disso dava trela para ele. Ele me confessou que tinha convidado a Raquel para ir a um show de rock. Naquela época não era como hoje, que os consertos são frequentes. Era um acontecimento. No dia seguinte, no restaurante, quase em lágrimas, ele me contou que, durante uma música, todo o estádio ascendeu os isqueiros e que, naquele momento mágico, eles tinham se beijado. Parecia um adolescente. Outra vez, ele me disse que a convidou para montar pipas. Eram coisas pouco usuais, incomuns. Especiais também.

Na mesma época em que eles estavam começando a relação deles, duas figuras importantes da macrobiótica na Espanha vieram para a Argentina. Arturo Sánchez Trejo e outro médico que se chamava Jaume García. Trouxeram suas famílias com a ideia de fundar aqui uma espécie de sucursal daquilo que eles tinham em Madri. Queriam fazer a América, essa é a verdade, mas o certo é que o Arturo, um sujeito alto, loiro, bem apessoado, tinha estudado por vários anos em um centro macrobiótico de Munique, sabia do que falava, era médico e um excelente professor. Teu pai não perdia nenhuma aula dele, andava sempre com os livros de Kuchi e Ohsawa debaixo do braço e eles começaram uma amizade.

A coisa chegou a tal ponto que Arturo me chamou e me disse que queria prepará-lo para ser o principal ponto de referência para a Argentina. Queria torná-lo seu discípulo. Ele me contou isso como se pedisse permissão porque sabia do vínculo especial que eu tinha com o teu pai. Foi então que eu comecei a compreender o efeito que ele produzia nas pessoas. E foi então que ele começou a formação dele. Teu pai assistia a todos os seminários, eles passavam bastante tempo juntos, mas de repente, a esposa do Arturo, que não estava se adaptando, quis voltar para Madri. Eles foram embora. A melhor parte tinha acabado, o grande momento da macrobiótica aqui na Argentina. Parecia que naquela época qualquer coisa podia acontecer. Jaume García ficou porque tinha conhecido uma moça argentina, mas se dedicou a outras coisas, e teu pai, naquele intervalo de tempo, e no meio de toda aquela confusão, começou a trabalhar como consultor macrobiótico. De alguma maneira, passamos a ser concorrentes. Acredito que ele se estabeleceu na rua Ecuador. Não ficava longe do meu restaurante, o Yin Yang. Eu ainda gostava dele como se fosse um filho, mas ele me evitava.

Nos distanciamos. Eu sabia dele por meio dos conhecidos que tínhamos em comum. Os clientes do restaurante traziam notícias e foi assim que eu soube do que aconteceu com a Raquel e a bebê dela. Não cheguei a conhecer a criança. Fiquei muito angustiada, chorei por ele, porque sabia como tudo tinha começado, com tanto amor. Dora se deteve por um instante: aquele tanto que parecia amor, disse.

Ela terminou de beber o chá e fez sinal para um garçom jovem que dava voltas pelo salão sem fazer nada.

Alguma coisa a Raquel já devia ter, continuou. Mas o teu pai nunca foi fiel e a maltratava. Dora olhou as anotações que eu fazia na caderneta: aquela decisão macabra, disse, você pode imaginar o quanto ela o odiava para ter feito aquilo. Ela podia ter se matado, mas quis tirar dele aquilo que uma pessoa mais pode querer, um filho.

Olhei para ela e ela apertou os lábios e assentiu.

As pessoas que o conheciam diziam que aquele era um final lógico, Dora disse. Veja bem: lógico. Todos diziam que o teu pai era maquiavélico, que a manipulava, que a controlava. É verdade que a Raquel entrou no jogo. Outra mulher poderia ter saído, recusado, mas ela piorou. Por outro lado, sei que ele se refez rapidamente, que voltou ao consultório e ao trabalho, que conheceu outras mulheres e se tornou psicólogo. Dora segurou minha mão sobre a mesa. Isso é típico dele, disse.

Mas se ele estava indo tão bem e era reconhecido, por que mudar para a psicologia?, perguntei. Ele corria o risco de enfrentar denúncias por conduta antiética, pacientes indignados, familiares pedindo explicações pelo exercício da psicologia sem estudo ou habilitação. Coisas que nunca aconteceram com ele. Pensei em meu diploma pendurado na parede do consultório dele.

Dora respondeu sem hesitar: por causa do que aconteceu com Raquel. Talvez, embora eu não acredite nisso, por ele ter consciência de que tinha transtornado uma pessoa até aquele ponto. Ele se deu conta do poder da mente e da psicologia, algo que a macrobiótica, lamentavelmente, muitas vezes não soube e não sabe contemplar. Mas da mesma maneira, disse, como psicólogo ele continuou com a linha "faça o que eu te digo ou então desapareça". Faz uns anos, um amigo me contou que se consultou com o teu pai depois de ter se divorciado. Foi ao consultório dele durante três anos. E meu amigo me contou que ele continuava com aquela política implacável. O contrário do que um terapeuta deve fazer, Dora disse. Vá embora, ele dizia com frequência para o meu amigo, e não aceitava marcar consultas, talvez até não atendesse o telefone durante alguns meses. Ele o amestrava. Por sorte o meu amigo percebeu, tarde, mas percebeu e foi embora voando.

Estou lembrando, Dora disse e fez uma pausa, que Ohsawa era um mestre de atitudes pouco empáticas. Se ele te dizia para ficar dois meses sem comer açúcar e em uma consulta você confessasse que não tinha conseguido resistir à tentação de comer uma sobremesa, ele te dizia para não fazer mais isso. Se você não obedecesse, na consulta seguinte ele te mandava embora. Ele não podia perder tempo. E eu acredito que como o teu pai é incapaz de elaborar processos ou de compreender, ele manda as pessoas embora, ele as expulsa. É do jeito dele, ou então o olho da rua. Ele te mata.

Ela olhou para a minha caderneta por um instante, a caneta suspensa, as linhas de apontamentos, anotações e flechas.

A última vez que eu o encontrei, disse, foi em um seminário conduzido por Edmund Esko, um dos grandes mestres, um teórico e pesquisador. Toda a comunidade da macrobiótica estava lá para escutá-lo. Foi na sala de eventos do Sheraton, com tradução simultânea e telas imensas com projeções de imagens. Eu estava sentada na primeira fila com meu marido e com Sonia, que ainda não tinha adoecido. O que me surpreendeu no início do seminário foi o fato de terem chamado o teu pai para falar primeiro e fazer a mediação do encontro. Ele falou da experiência dele com a macrobiótica e disse, lá, na frente de todo mundo, que eu, Dora Klimovsky de Paolucci, tinha salvado a vida dele. Eu estava ressentida, é claro, mas enquanto ele falava eu comecei a chorar. Também me fizeram subir no palco, e eu contei do restaurante, do meu vínculo com Kuchi. A minha voz tremia, eu via o teu pai entre o público que sorria para mim. E depois, pelo resto do evento, durante os cafés e pelos corredores, ele me evitou. Não voltamos a nos falar e nunca mais o vi.

    O vínculo que você tem com a macrobiótica é uma novidade para mim, contei. Em nossa casa, com meu irmão, desde pequenos escutávamos sobre os alimentos e suas energias, acompanhávamos minha mãe nas casas de produtos naturais e a víamos preparar os pratos, o *tekka* e o *gomasio*. Mas escutei pouco a teu respeito, disse, alguma vez ele comentou que você era uma mulher dos anos oitenta que preparava alimentos. E nada mais. Com frequência, passávamos na frente do teu restaurante na rua Ciudad de la Paz e lembro de que ríamos de como Ohsawa estava escrito, com o *h* antes do *s*. O centro do meu pai se chamava Oshawa, e nós sempre pronunciamos o *sh* com som de *y*.

    Dora não se moveu. O erro aparece no nome, disse. Isso te dá uma ideia de quem ele é de verdade. Um impostor que, com toda a alma, arma muito bem a farsa. Ohsawa dizia: quanto maior a fachada, o lado aparente, maior o lado oculto, obscuro. Toda grande fachada tem um grande lado oculto, de acordo com outras traduções.

O restaurante estava vazio. Dava para escutar os barulhos que vinham da cozinha, restavam algumas mesas com as toalhas de papel sujas e as gorjetas sobre a conta. Tinham desligado o ar-condicionado e fazia um pouco de calor.

Agora, depois de tudo que aconteceu, com tudo que ele fez e com tudo que ele me fez, Dora disse sem sorrir, se encontrar com ele na rua, saio correndo. Não me engana mais, não me seduz. Por quanto tempo é possível sustentar uma mentira? Porque se ela é revelada, a primeira coisa que ele faz é se livrar de você. E eu acredito que aquilo que aconteceu entre nós foi isso, Dora disse. Gostava muito dele, ele era como um filho. Ele tinha muita soberba. Na época em que Arturo Sánchez Trejo o escolheu, pouco tempo depois, ele inventou uma história: ele era o escolhido e começou a dizer para todo mundo que eu era uma impostora.

O garçom tinha trocado de roupa. Nos trouxe duas xícaras de chá e se despediu de Dora. O ar já estava estagnado.

Pedro Andreis, Dora disse de repente, acabo de me lembrar. Foi outro episódio horrível que teve muita repercussão: Pedro estava mal, não sei por que tantas pessoas estavam mal na macrobiótica. Acredito que é verdade que a alimentação traz um equilíbrio, ela pode ajudar no padecimento mental, mas esse processo leva muito tempo, talvez nunca possa ser alcançado. Enquanto isso, a pessoa carrega seus sofrimentos como qualquer um. Há quarenta anos eu faço terapia: psicanálise, sistêmica, cognitiva, coisas distintas e com profissionais diferentes, mas nunca abandonei. Parece que Pedro estava deprimido, conseguiu uma arma, ia se suicidar, sua esposa tentou impedi-lo e ele a feriu. Depois, com ela caída, ele se matou. Pedro sabia bastante, muito mais que teu pai, e mesmo assim não foi o suficiente.

Dora ficou em silêncio por um momento. O calor não parava de aumentar e ela puxava a camiseta como se tentasse deixar entrar em seu corpo um frescor impossível. A macrobiótica é terrível, ela disse e olhou o que eu estava anotando, inclusive esperou que eu terminasse para continuar. É importante compreender isso, no meu caso ela me salvou e eu dediquei a minha vida tentando devolver um pouco do que ela me deu. Apesar das grandes lideranças..., ela deixou a frase inconclusa.

O sol entrava pelos janelões e o ar estava pesado. Eu transpirava e sequei o rosto com um guardanapo. Sentia o suor escorrendo pelas costas.

Ohsawa era uma pessoa que experimentava, Dora prosseguiu. Abria seu próprio caminho pelo mundo como quem dá machadadas na selva, disse, tentava de tudo, adoecia de propósito: varíola, malária, cólera. Ohsawa defendia que os higienistas estavam enganados, que o caminho não era um ambiente asséptico e as vacinas, mas o próprio organismo, limpo e forte, seria o responsável por repelir os vírus e as bactérias. Ele continuou adoecendo de propósito, percorrendo o mundo, expondo-se às piores coisas, recuperando-se. Viajou para a África, disse, contraiu malária e morreu. Tinha pouco mais de setenta anos e já estava bem debilitado. Ele se exibia, gostava de alardear, se excedia, não parava de procurar. A mulher dele, a Senhora Lima, essa sim, viveu para passar dos cem anos, que era a promessa da macrobiótica.

Dessa vez foi Dora quem passou um lenço pela testa, ela nem tentou disfarçar. Mechas do cabelo ruivo estavam, grudadas ao lado do seu rosto. Preste atenção, disse, dê um jeito de encontrar *Jack e Mitie*, um livro autobiográfico que Ohsawa escreveu a respeito da sua chegada na França e da missão que se impôs. É difícil, porque uma editora japonesa possui os direitos e não autoriza as traduções, se você ler em inglês talvez a encontre. Acredito que esse livro pode te ajudar: ele conta como Ohsawa, o tempo todo, tentava fazer com que as pessoas o obedecessem. Do mesmo jeito que teu pai. Depois que conseguia, aflorava o desprezo. Foi isso que ele fez com Raquel. Sim, ele pensava que se tratava de uma deusa, mas quando ela se tornou alcançável, ele a esmagou. Começou com toda aquela fantasia da bela e da fera e depois a enlouqueceu, ou a deixou mais louca do que já era.

Eu concordava e anotava. Onde eu me encaixava naquela dicotomia? Será que ele me desprezava? O que ele pensava da minha vida? Talvez eu já não existisse para ele: eu tinha sido suprimido com o resto da história.

Dora esperou que eu levantasse o olhar. Destrói a partir da sedução, disse, depois eclode a violência. E faz isso com frieza absoluta.

Eu estava acostumado a escutar as pessoas falando dessa maneira a respeito dele? Quando escrevi a frase sobre a violência e a frieza sem me sobressaltar, a pergunta aflorou. Fechei o caderno, organizei minhas coisas, pensei que tínhamos terminado. Dora segurou a minha mão com força e disse:

A macrobiótica é muito dura com algumas pessoas. É verdade que eu fiz grandes amigos, testemunhei curas incríveis e mudanças maravilhosas, mas também existiram muitos destinos trágicos. Lembro disso quando penso em Pedro Andreis e no teu pai, ou na Sonia, que gostava tanto dele.

Olhei para ela, esperando que continuasse me contando.

O que aconteceu com Sonia?, perguntei.

Começou a escutar vozes, disse. Era algo insano, mas ela insistiu tanto que no começo parecia apenas mais uma das suas excentricidades. Ela não chamava de vozes, dizia que intuía sentidos ocultos. Eles indicavam o que ela podia e o que não podia comer. Precisei de um tempo, mas aos poucos pude sugerir que ela fosse a um médico, Dora disse. Sonia não queria. Ela me evitava. E a coisa ficou pior em poucos meses. Brigava comigo, dizia que eu era uma boba, uma entusiasta da vida e que a vida não tinha nada de emocionante, que a verdade estava em outro plano. Em um dado momento as vozes disseram que ela devia parar de comer. Todo dia, eu mandava um táxi levar comida para ela, inclusive quando ela não queria me ver ou falar comigo, imagino que nunca tocou em nada, embora abrisse a porta para o motorista e recebesse as sacolas. Imagino que jogava tudo no lixo. Um dia, como ela não atendia o telefone, os vizinhos forçaram a porta e a encontraram desmaiada no chão. Ela foi levada para o Hospital Fernández, eu corri até a recepção. O médico me disse que ela estava desidratada e em um estado de desnutrição que ele não tinha visto nem mesmo em um indigente. Tentaram, mas não conseguiram estabilizá-la.

É uma história impressionante, disse, parecida com a da mulher do Peru que ela viajou para cuidar.

Dora olhou para mim por um instante: não tinha pensado nisso, disse. Como se ela tivesse se identificado, não é? Talvez tentemos curar as pessoas para manter distante uma parte da nossa própria doença.

Julia passava bastante tempo na fundação. Eles estavam terminando a análise dos resultados do semestre e preparando os programas para o ano seguinte. O diretor tinha anunciado que haveria cortes, vários postos seriam eliminados. Ela estava cada vez mais preocupada.

Como as aulas na universidade tinham terminado, fui buscar Luna no jardim. Eram os primeiros dias de novembro e começava a fazer muito calor. Nunca tinha ido à saída e fiquei surpreso com o caos que começava já na quadra anterior: carros em fila dupla, táxis que estacionavam em qualquer lugar, buzinaços. Ao redor da porta da Lagartinha, os corpos se espremiam e as conversas eram mais tensas, pedidos, empurrões, algumas pessoas bufavam, gemiam. É sempre a mesma coisa, comentou uma mulher com várias pulseiras que tiniam enquanto ela se abanava com o celular. Entre as pessoas, vi Clara, a mãe de Amadeo, ela estava com o cabelo preso em um rabo de cavalo e usava roupa de ginástica: um top branco e calças pretas riscadas por listras azuis escuras. Lembrei da visita que fizemos à casa dela e das fotografias dispostas na prateleira. Fingi que estava verificando algo no celular.

O pai do Gabi, outro coleguinha de Luna, me cumprimentou com tapinhas nas costas. Amigão, ele disse e tentou avançar para se aproximar da porta. Pedia licença para mães e babás que mantinham a posição e não respondiam. Eram quase todas mulheres. O pai do Gabi estava desempregado e fazia fretes com uma pequena caminhonete. Nunca tirava os óculos escuros e gostava de rock nacional argentino.

Eu estava com a camisa ensopada, minhas meias deslizavam dentro dos sapatos. Teria que trocar de roupa antes de voltar para o consultório.

Primeiro apareceram os maiorzinhos, as crianças do pré-escolar com as bicicletas e os patinetes, depois os pequeninos de quatro e de três anos. Eles saiam alheios à confusão, tranquilos, contando coisas que tinham acontecido durante o dia, fazendo combinados e trocando convites. Algumas mães empurravam para chegar até a porta, enquanto outras, de mãos dadas com os filhos, tentavam avançar em direção à rua. Em um dado momento, Lola, a psicopedagoga, apareceu, observou os pais e voltou para dentro do prédio. Passaram-se dez ou quinze minutos até chegar a vez das crianças de dois anos.

Oi, Clara me disse, ela tinha ficado ao meu lado depois que as crianças maiores terminaram de sair.

Olá, respondi, como você está?

Trocamos um beijo.

Hoje está um caos, ela comentou.

Eu concordei, embora fosse a primeira vez que ia buscar Luna.

Um caos tremendo, disse.

Luna e Amadeo saíram um atrás do outro. Amadeo se pendurou no pescoço de Clara e minha filha me olhou com desconfiança. Hoje veio você, disse. Eu ri, tentei pegá-la no colo, mas ela não quis.

Venham brincar um pouco lá em casa, Clara propôs, se você tiver tempo e Luna quiser.

Calculei quanto faltava para me encontrar com o primeiro paciente da tarde. Imaginei que Julia já estava há horas no trabalho, que nossa casa estava com as roupas de cama reviradas e a louça do café da manhã em cima da mesa. Luna começou a procurar alguma coisa na mochila e Clara sorriu novamente para mim.

Claro, respondi, vamos gostar, não vamos, Luna? Vamos na casa no Amadeo?

Caminhamos até a caminhonete de Clara. Está uma bagunça, crianças, nem reparem, ela disse e abriu as portas. Amadeo pulou para a cadeirinha dele. A janela do seu lado estava cheia de adesivos brilhantes que ele mostrou para Luna. Patrulha Canina pulando, Patrulha Canina e veículos. O interior cheirava a couro novo e me fez lembrar do Mazda que meu pai teve em alguma época, com faróis que se levantavam quando o motor era acionado. Os bancos de tecido juntam sujeira e mau cheiro, ele dizia.

Clara abriu o porta-malas para acomodar a mochila de Amadeo e chamou Luna para que ela subisse. Minha filha baixou os olhos e começou a caminhar no sentido contrário.

Ei, disse para ela, baixinha!

Clara deu a partida. Vou ligando o ar-condicionado, disse. Enquanto isso, Luna continuava caminhando e arrastando a mochila pelo chão.

Luna!, chamei. Ela não me deu atenção. Outras mães da escola pararam para olhar. Dei uma corridinha rápida e segurei minha filha pelo ombro. Ela me chutou a perna, deu risada e disparou em direção à esquina.

Dessa vez a segurei pelos braços e gritei no ouvido dela para que me obedecesse, aquilo era perigoso, ela precisava parar de ser boba. Luna olhou para mim. Eu sentia o meu rosto fervendo e percebi o dela começando a tremer, prenúncio de choro. Ela se chacoalhou um pouco para tentar se soltar. Eu suava, estávamos debaixo do sol e ela estava ficando vermelha. Começou a chamar por Julia, gritou pela mãe, e as pessoas ao redor se detiveram. Quem era eu? O que eu estava fazendo com aquela menina?

Apertei o braço dela com mais força, meus dedos tensos sobre o corpo macio por baixo do guarda-pó, até que senti o seu osso e Luna ficou imóvel. Lacrimejando, ela me olhou como se não entendesse e eu a encarei. Fique quieta, sussurrei.

O nome de Juan Manuel Dorado resultava em centenas de entradas no buscador, quando associado à palavra "macrobiótica". Pioneiro, fundamentalista, ele tinha um centro em Entre Ríos onde atendia pacientes de todo o país. Tinha uma página cheia de experiências narradas por pessoas recuperadas de cânceres terminais e doenças autoimunes.

Claudio disse que meu pai e Juan Manuel tinham sido concorrentes. Fiz várias tentativas até que alguém atendeu o telefone do centro. Fui atendido por Laura, ela me explicou que era a esposa de Dorado e responsável por administrar a agenda dele. Os horários estavam preenchidos até o ano seguinte. Expliquei o que estava tentando fazer, que estava pesquisando sobre o meu pai, e então ela concordou em marcar uma consulta macrobiótica para mim. Vai ser útil, ela disse, você vai entender um pouco mais a respeito do mundo. Vou te colocar no último horário, assim você pode perguntar aquilo que precisar. Repetiu o dia e a hora, informou o valor da consulta e desligou.

Fiz uma reserva no hotel mais barato que encontrei, a duas quadras da praça Basavilbaso. Segundo o mapa do Google, ficava a trinta quilômetros do centro de Juan Manuel. Julia tinha dito que naquele final de semana ela ia precisar do carro. Pediu que minha mãe cuidasse de Luna e passou o sábado inteiro em uma reunião com os colegas de trabalho em Pilar, uma cidadezinha na região metropolitana de Buenos Aires. Eu saí de casa bem cedo, peguei um ônibus até Zárate e depois uma van estropiada até o povoado. O hotel de duas estrelas era como eu tinha antecipado, uma cama com colchão molenga e roupas de cama puídas. Paguei adiantado e me deram um cupom para retirar dois croissants e um café no posto de gasolina na manhã seguinte. Não tinha muito para fazer e nem como me deslocar, então durante a sesta eu saí para caminhar. O comércio estava fechado, mas estava agradável ficar ao sol.

Tinha um quiosque com mesas na rua. Entre os cartazes com cores desbotadas, um dizia Nescafé. Não encontraria nada melhor. Me sentei com a caderneta que tinha enchido de notas, mas estava sem vontade de ler. Juan Manuel Dorado. Como seria aquele lugar, trinta anos antes, quando ele apareceu para falar de macrobiótica? Qual era o poder dele para conseguir passar os dias e os anos receitando arroz integral naquelas paragens?

Você é de Buenos Aires, disse uma voz atrás de mim. A moça usava uma camiseta que estava curta para ela e calça jogging branca. O seu cabelo estava preso em uma trança. Devia ter a minha idade.

Por que?, perguntei.

Tem que fazer o pedido lá dentro, isso aqui não é um bar.

Ela sorria e esfregou os braços quando o vento soprou.

Desculpa, disse em tom de pergunta e me levantei.

Não se preocupe, ela respondeu, meu nome é Esmeralda, dessa vez eu te atendo. O que você quer?

Pedi café, uma água com gás, e pouco depois Esmeralda trouxe uma xícara e uma garrafa, sentou-se comigo e tirou do avental um envelopinho de açúcar e outro de adoçante.

Mexi bastante, ela disse e me observou provar o café. Era horrível. Dei um sorriso.

Bem saboroso, disse.

Você vai ficar muito tempo por aqui?, ela perguntou soltando o cabelo e voltando a prendê-lo.

Demorei um pouco para responder.

Se você preferir eu não te incomodo, ela disse sem se mexer.

Não, tudo bem, estou sozinho, contei. Estou no hotel Artemisia, a duas quadras daqui.

Conheço, Esmeralda disse, e o que você veio fazer em Basavilbaso?

Estou fazendo uma pesquisa para meu livro, menti para soar interessante, mas Esmeralda não pareceu ficar impressionada.

Muitos agrônomos de Buenos Aires trabalham por aqui, eles recebem bons salários, o que é compreensível. Para escrever, nunca soube de ninguém que viesse para cá.

Assenti. Então escutamos o ronco de algumas motos que logo em seguida apareceram na praça e pararam na calçada perto de nós.

Preciso ir, Esmeralda me avisou se levantando de repente. Se à noite você estiver livre, venha tomar uma cerveja, costuma estar tranquilo e eu fecho cedo, ela disse antes de voltar para dentro do quiosque.

Os rapazes das motos se aproximaram e se sentaram ao meu lado. Eram cinco. Colocaram música no celular. Um deles me encarou até eu baixar os olhos e caminhar em direção ao hotel.

No final da tarde, chamei um táxi e repeti para o motorista as coordenadas indicadas na página de internet para chegar à entrada do centro de Juan Manuel Dorado.

Sei onde é, ele respondeu e permanecemos em silêncio durante todo o trajeto.

O táxi fez um balão na estrada, percorreu cinquenta metros de terra batida acompanhados por um poste de luz solitário e chegamos: um carro com emplacamento novo estava na entrada, ao lado de um galpão fechado, e ao fundo, iluminado, estava um chalé com janelões onde dava para ver Juan Manuel Dorado sentado, como na fotografia, em frente a duas pessoas que pareciam ouvi-lo atentamente. Pedi que o motorista voltasse em duas horas para me buscar.

Escutei latidos e do escuro surgiram alguns cachorros, eles passaram ao meu lado e voltaram a desaparecer atrás de umas árvores. Dei alguns passos para me aproximar, até que decidi me sentar em um banco para esperar. Já estava tarde, tinham passado dez ou quinze minutos do horário marcado. O que eu faço? Pensei na cara de Julia quando contei que ia para Basavilbaso, que a viagem custaria caro, que ela ficaria sozinha com Luna durante o final de semana. Ela tinha passado o dia com os colegas de trabalho e não respondia minhas mensagens desde cedo. Decidi me aproximar dos janelões, olhar meu celular, chamar atenção.

Com uma lanterna, saindo do escuro, apareceu uma mulher jovem vestindo uma blusa de tricô e sandálias. Ele ainda não te atendeu?, perguntou enquanto me estendia a mão. Sou Laura, a esposa do Juan Manuel. Depois ela acendeu a luz do pátio, revelando árvores enormes e o começo de uma propriedade bem mais extensa que ainda permanecia nas sombras: moramos lá embaixo, descendo a trilha, e mais para lá estão as cerejeiras que Juan Manuel trouxe do Japão, disse. Ela aparentava ter menos de quarenta anos, talvez a metade da idade de Juan Manuel. Agora vou avisar que você está aqui, Laura disse, porque, se não, ele esquece do horário.

Juan Manuel me cumprimentou com um beijo e me pediu para entrar: sua sala tinha cadeiras de plástico, um quadro e pilhas de folhas, diagramas do sistema digestivo pendurados na parede e uma mesa que exibia panelas, livros e produtos que estavam à venda. Ele se sentou com as costas bem retas e me indicou um lugar na frente dele.

Mostre as mãos, ele disse e segurou os meus pulsos. Sentiu minha pulsação e olhou os dedos. Tocou alguns pontos entre as juntas e perguntou se doía.

Você tem problemas hepáticos?, arriscou.

Disse que era possível.

Indiquei o telefone e a caderneta para falar sobre o motivo da minha viagem. Ele me olhava atento, com os lábios contraídos e o sorriso discreto de quem entende tudo que está acontecendo.

Repetiu o nome do meu pai duas ou três vezes, como se fizesse uma invocação.

Claro, disse, como eu posso te ajudar?

Talvez você pudesse começar por como se conheceram e como foi a relação entre vocês, pedi enquanto pegava a lapiseira que estava entre as páginas da caderneta.

Ele chegou à macrobiótica quando eu estava indo embora, disse. Quando decidi vir para Entre Ríos, para o meio do nada que este povoado era naquela época, eu vim com uma ideia bem utópica: queria formar uma comunidade, mas acabei começando um centro, um consultório, uma granja e uma nova família. A Laura eu conheci aqui, ela me deu meus dois menores, tenho filhos com mais de quarenta e agora uma menina de seis e um menino de oito. Uma pessoa nunca sabe onde sua busca irá levá-la. Faz pouco tempo que voltamos do Brasil, fizemos a viagem para que as crianças conhecessem o mar. Que bom que você veio, disse. Faz muito tempo que não penso naqueles anos.

Comecei a escrever, Juan Manuel dirigiu os olhos para algum ponto atrás de mim e recomeçou.

Eu tinha anunciado em Buenos Aires que deixaria a presidência da Fundação Centro Macrobiótico, disse. Estavam procurando alguém para me suceder. Tinha vários candidatos possíveis, e um deles era o teu pai. Ele tinha surgido do nada, ninguém o conhecia, nunca tinha sido visto nas reuniões ou nos cursos, mas ele apareceu. Tinha sido apresentado por Dora Paolucci, que o curou de uma úlcera, embora ele ainda aparentasse uma palidez que causava má impressão. Ele tinha problemas hepáticos e pancreáticos e isso diz muito da tendência agressiva dele.

Olhei para ele e ele sorriu.

Na macrobiótica, o fígado é um regulador da ira, disse. A doença que tivemos, continuamos tendo. Nele, ela passava por esse ponto: a intolerância ou a melancolia se convertiam em violência. Lembro dele como alguém observador, o teu pai era muito inteligente. Ele sabia estar no lugar certo, no momento oportuno, e se associou a dois espanhóis farsantes que apareceram naquela época, Juan Manuel disse. Teu pai tinha uma visão econômica da macrobiótica como negócio que ia de encontro ao que eu ensinava e acreditava. Juan Manuel abriu os braços para indicar o chalé, e talvez todo aquele terreno tomado pela escuridão que eu imaginava cheio de árvores sem pesticidas, um lugar onde ele deveria lutar contra as formigas e as pragas. Pensei no consultório do meu pai: os tapetes, o mobiliário das melhores madeiras e as esculturas, o ar-condicionado sempre na mesma temperatura e as poltronas de couro. Compreensivelmente, Juan Manuel disse com um sorriso, a visão dele terminou prevalecendo e ele foi eleito presidente ainda muito jovem, com vinte e dois ou vinte e três anos.

Juan Manuel deu alguns passos até uma mesa onde estava uma chaleira elétrica para preparar chá. No fundo da minha xícara vi alguma coisa marrom que não se diluía.

Isso é bardana, ele disse, uma raiz milagrosa, bebo todas as noites.

O chá era forte, estava bom.

Acredito que sabíamos quem éramos e o que cada um de nós queria, Juan Manuel deixou a xícara no chão, ao lado da sua cadeira, e recomeçou. Não chegou a acontecer um conflito propriamente dito, sempre mantivemos uma relação cordial.

Ele apareceu sozinho?, perguntei.

Ele tinha um amigo, naquela época eles eram bem próximos: Pedro Andreis.

Aquele que se suicidou?, não pude me conter.

Juan Manuel contraiu os lábios insinuando sofrimento.

Sim, pior do que isso. Mas além do final terrível, era uma pessoa com formação, um entusiasta, ele dirigia a biblioteca da fundação. Tínhamos uma história juntos, toda uma trajetória. Mas o teu pai encantava, era um sedutor muito habilidoso com o dinheiro. E muito jovem. Quem eu sugiro que você procure para conversar é o sócio do teu pai no centro que ele abriu, aquele sujeito deve ter sofrido de verdade. Soube que ele perdeu até o último centavo. Não lembro do nome, um rapazinho judeu, se lembrar eu te passo por mensagem, agora não vou conseguir.

Anotei "sócio" e levantei os olhos.

O que eu consigo lembrar é que o irmão do teu pai me passou a perna. Foi uma coisa mísera, pequena, mas isso dá a dimensão do tipo de pessoa que ele era. Ele tinha aberto uma loja de produtos naturais em Córdoba e lembro que eu, recém acomodado aqui no campo, acertei com ele e com outros conhecidos a compra de um caminhão de arroz de qualidade para dividir, aqui no interior as coisas que conseguíamos não eram boas. Era pouco dinheiro, mas todos estávamos fazendo esforço e, depois que a mercadoria chegou, era Claudio o nome dele?, ele tinha uma personalidade difícil e nunca nos pagou. Mentia dizendo que tinha mandado um cheque, mas não existia registro. Ele jurava, reforçava o juramento e no fim deixou de atender os meus telefonemas.

Anotava com rapidez: Claudio vigarista. Sublinhei as palavras e continuei escutando.

Mas voltando ao Pedro Andreis, Juan Manuel colocou um dedo na xícara, pegou uma rodela de bardana e mastigou com força antes de continuar, não sei o quanto você sabe a respeito dele. Bem rápido, ao lado do teu pai, ele passou a ocupar postos de muita responsabilidade, cresceu para além das capacidades que tinha. De formação, ele era da marinha mercante, mas atuou no período de máxima expansão da macrobiótica na Argentina. Era uma moda com muitíssima demanda que gerava bastante dinheiro. Da mesma maneira que o teu pai, ele viveu aquela ascensão social em detrimento do crescimento individual. Eles eram jovens. Pedro estava casado e começou a sentir um ciúme doentio, ele imaginava infidelidades absurdas que eu acredito que nunca existiram.

Soube que ele queria se suicidar, que a esposa tentou salvá-lo, eu disse.

Juan Manuel riu e logo em seguida voltou a ficar sério: não sei quem te contou a história. O Pedro atirou no corpo dela, pensou que ela tinha morrido e depois se suicidou. Mas ela sobreviveu. Foi um milagre.

Aquela geração passou por muitas tragédias, Juan Manuel prosseguiu. Na macrobiótica, se diz que todo paraíso tem seu próprio inferno. Na verdade, o que ela faz é sensibilizar o organismo, não é uma dieta, é uma ferramenta de transformação. É preciso saber reorientar a energia que ela libera. A transformação implica em mudança quando se tem consciência da origem. No teu pai as mudanças são defensivas, ele muda para continuar igual, em outro lugar, com outras pessoas.

Soube das histórias dele durante esses anos. Ele não cresce porque não consegue compreender o que acontece na vida dele. Tudo aquilo que o fez adoecer décadas atrás, aquele fígado em carne viva, aquela palidez, tudo continua dando voltas e sendo expelido.

Juan Manuel continuou falando por quase uma hora. Falou sobre Ohsawa, sobre as pessoas do povoado que aos poucos foram se aproximando do seu centro, sobre o seu próprio aprendizado e sobre as dificuldades que tinha superado em mais de quarenta anos de trabalho. E ainda existe tanto que eu desconheço, disse por fim, tanto que eu queria saber, aprender, tanto por fazer. Tipos como o teu pai não possuem essa curiosidade, eles sabem, afirmam, pisam forte, destroem. Perceba que vivemos em uma época na qual pessoas assim têm bastante prestígio, Juan Manuel disse ao nos despedirmos.

Tinha esfriado e eu fechei o meu casaco. O táxi me esperava com o motor ligado e os faróis apagados. Diante da perplexidade, Juan Manuel disse, muitas pessoas querem ouvir "é por aqui". Ele me abraçou e não quis cobrar pela sessão.

No caminho de volta, o motorista também permaneceu em silêncio e percorreu lentamente as quadras até chegar na praça. As persianas do quiosque estavam parcialmente fechadas. Vi Esmeralda fumando um cigarro na mesma mesa onde estivemos juntos à tarde. Ela usava um blusão térmico, saia curta e sandálias de plataforma.

O quarto do hotel tinha ficado gelado, com uma umidade pesada, e antes de me deitar empilhei alguns cobertores que tinha encontrado no armário. Olhei o celular: minha mãe tinha enviado fotografias de Luna brincando na sala da casa dela e dizia que tinham feito *Skype* com meu irmão Martín. Não tinha recebido mensagens de Julia. Como foi a reunião?, escrevi. Mandei um beijo com uma figurinha de bebê. Espero que você consiga descansar, acrescentei.

E então, Luna ficou doente. Já tinham acontecido os resfriados de inverno, os coleguinhas da Lagartinha empesteados, os pais se queixavam, as professoras precisavam de substitutas com frequência. Diziam que no primeiro ano aquilo era normal, que as crianças saem de suas casas e que, no fim, o processo fortalece a imunidade. Luna ainda não tinha faltado, nunca apareceu com coriza ou tosse, nem com a síndrome mão-pé-boca que, segundo o boletim informativo da escola, atacou mais da metade dos alunos. Além disso, ela já estava adaptada. Não reclamava mais na hora de ir para o jardim, falava com alegria da professora e das brincadeiras. No Dia dos Pais, fez um desenho para mim, e para as férias de julho, um canequinho de cerâmica furado que deixava a água vazar. É um floreiro, ela explicou.

Na última consulta, o pediatra tinha nos parabenizado. Luna era grande, forte, e deixou que ele a pesasse e medisse sem reclamar.

Mas no final de outubro, depois de vários dias brincando na praça, de longos períodos vestindo bermuda e camiseta, ela começou a coçar o ouvido. À noite, tropeçou quando estava caminhando para o quarto. Julia me chamou. Luna ardia em febre.

Tínhamos um termômetro de bebê, uma fita transparente para colocar sobre a testa que ficou imediatamente vermelha. O termômetro eletrônico marcou 39,8° e Luna dizia palavras sem sentido, palavras que não existiam.

Julia preparou algumas toalhas com gelo e eu as apliquei. Minha filha tremia e se queixava, tentava me agarrar, pedia colo, chamava a mãe. Li a bula do ibuprofeno infantil, todas as contraindicações, tentando identificar qual era o problema. Não havia coriza, nem tosse, nem vômitos, era uma febre que não parava de subir: quando voltamos a medir, estava em 40,3°.

O médico da assistência social chegou rápido. Parecia cansado. Auscultou Luna, olhou dentro das orelhas dela com um aparelho que iluminava enquanto nós a segurávamos pelos braços. Depois de um balbucio, subitamente, nossa filha adormeceu. Com cara de quem tinha acabado de despertar, o médico nos disse que era melhor levá-la para um pronto-socorro o quanto antes.

Voltamos ao mesmo lugar que tínhamos visitado três anos antes, quando ela caiu da cama. Novamente era de madrugada, a sala de espera não tinha outras crianças. Expliquei os sintomas para a recepcionista, a orientação que recebemos e ela me pediu para ter calma e apresentar a carteirinha. E o documento de identidade. Naquele pronto-socorro apareciam casos piores, pensei, casos assustadores que não davam margem à burocracia de documentos e planos de saúde. Também pensei que se estivéssemos perdendo um tempo precioso com formulários, eu atearia fogo naquele lugar.

Luna ficou sob observação em uma sala do pronto-socorro e dormiu até a manhã seguinte. Julia avisou que não poderia ir ao trabalho e passou horas na poltrona que ficava ao lado da cama. Eu fui para o meu consultório. Atendia os pacientes que falavam do divã ou da poltrona em minha frente enquanto especulava sobre o avanço ou a regressão da febre. Quando um deles se atrasava ou pedia licença para ir ao banheiro, eu olhava o celular e escrevia para Julia. Esperávamos pelos resultados dos exames feitos assim que Luna foi atendida pela médica do plantão. Uma agulha fininha tinha entrado pela primeira vez no corpo da minha filha e extraiu um sangue escuro enquanto segurávamos os pés e as mãos dela. As amostras de urina foram coletadas com uma fralda especial. Luna, que sentia orgulho por tê-las deixado fazia tempo, urinou e evacuou enquanto dormia na maca.

Não recebemos notícias durante toda a manhã. Por volta do meio-dia, a febre não baixava de 39,5. Luna apática, Julia me escreveu. Algumas horas depois, sem alterações, ela recebeu alta.

Naquela tarde, quando cheguei em casa, Julia estava pálida, com os olhos inchados de tanto chorar. Ela me mostrou as marcas nas costas de Luna. Pontinhos, pústulas do tamanho de suas unhas pequenas. Coloquei alguns desenhos animados no computador e disse que ela podia assistir o quanto quisesse. Luna ficou deitada na cama, coberta como se estivéssemos no pior dos invernos, e não transpirava. Mas a febre também não cedia. Enquanto na tela do computador uma menina travessa e um urso brincavam no bosque, passei os dedos pelas feridas, sentindo, tateando os contornos sem apertar, como se pudesse absorvê-las.

Luna passou três dias com a febre que não baixava nem subia. Mal se levantava, pedia ajuda para ir ao banheiro, queria ficar perto de Julia. Elas dormiam juntas no quarto de casal, eu fui dormir no quarto de Luna. Os resultados dos exames deram normais. Fomos ao pediatra. Mostramos os exames e ele disse que teríamos que esperar, que os glóbulos brancos estavam bem, indicavam que não tinha infecção. Depois fizemos uma consulta com um homeopata que nos indicaram. Ele perguntou por nossa relação de casal, sobre como tinha sido o nascimento de Luna e receitou uns glóbulos pequenininhos que não chegamos a comprar. Eu liguei para Martín, que estava em Boston, e pedi a opinião dele. Ele nunca tinha clinicado. Fazia pouco tempo que tinha começado o doutorado, estava recluso nas salas de aula e nos laboratórios de uma universidade. Enviei para ele fotografias das feridas. Ele me pediu para olhar a boca, embaixo da língua e, apesar de não conseguir ajudar com Luna, ficou bastante tempo comigo no telefone e conversamos de quando eu tive varicela, de quando ele teve caxumba. Meu irmão tinha conhecido uma francesa em uma das disciplinas, eles tinham feito duas viagens de final de semana à região dos lagos e estavam pensando em morar juntos. Martín não falava com o meu pai havia mais tempo que eu e comentou que não tinha recebido nenhuma fotografia ou mensagem. Ele não tem o meu número de telefone dos Estados Unidos, disse, e o telefone da Argentina eu nunca mais ativei, deve estar em alguma gaveta.

A febre de Luna cedeu ao longo da semana. O pediatra, que parecia aliviado, explicou que às vezes ela subia de repente e depois desaparecia. As feridas secaram e as casquinhas estavam esparramadas pela cama na manhã seguinte.

Não descobrimos qual tinha sido a doença, mas em pouco tempo Luna ficou completamente recuperada.

Adrián esperava sentado em uma mesa da parte de trás do bar, no bairro de Almagro, onde combinamos de nos encontrar. Por trás dos óculos com lentes grossas e armação bege opaca, ele acompanhou a minha chegada. Usava uma camiseta branca que dizia "New York", seus braços eram magros, flácidos e estavam cruzados sobre a barriga. A calvície começava a aparecer por entre os cabelos crespos. Não parecia ser alguém com quem meu pai poderia manter uma amizade, uma sociedade ou qualquer outro tipo de relação. Enquanto me aproximava da mesa, tentei imaginar um passado elegante escondido em seus traços. Estendi a mão.

Você é filho de qual mulher?, perguntou assim que me sentei. Quem te falou de mim?, prosseguiu. O que você sabe sobre a sociedade que tivemos? Todas as minhas respostas eram acompanhadas por suspiros ou silêncio. Sim, foi mais ou menos isso, ele dizia, ou não, não foi assim. Contei para ele dos encontros que tive com pessoas que conheceram meu pai. Sei bem mais do que a Dora e o Claudio, disse. Nenhum deles compreendia o que estava acontecendo, insistiu. Dava para perceber que estava irritado, mas ele tinha prometido me dar muitas respostas.

Adrián e meu pai tinham sido sócios em um restaurante macrobiótico. Claudio sugeriu que eu o procurasse, Juan Manuel tinha feito o mesmo. Não lembrava do sobrenome dele, um nome de batismo que tentei googlar mas não encontrei. Até que contei dele e das minhas perguntas para Julia. No fim de semana que minha mãe levou Luna ao teatro, ela ficou uma tarde inteira cruzando o nome com palavras-chave, calculando a idade. Fez contato pelo *Linkedin* com três possíveis candidatos e, então, alguns dias depois, Adrián respondeu pelo *Facebook*. Ele passou o contato e disse que era para eu telefonar.

Como era a relação de vocês?, perguntei e sorri.

Nós fazíamos todas as coisas juntos, Adrián disse e me olhou sério.

Vocês eram sócios?, perguntei.

Mais do que sócios, disse e bebeu um gole ruidoso do café com leite. Eu esperava outra resposta.

Vocês eram amigos..., disse e deixei a frase em suspenso para que ele prosseguisse.

Estávamos juntos em tudo, sempre, unha e carne, respondeu olhando nos meus olhos.

Dessa vez permaneci em silêncio.

Conheci o teu pai em uma das palestras que ele dava na Fundação Macrobiótica, ele era um especialista reconhecido, com prestígio, as pessoas estavam começando a segui-lo. Ele me encantou, nunca tinha experimentado algo tão forte com outra pessoa. Em pouco tempo, já éramos inseparáveis.

Contive uma expressão de desconfiança: inseparáveis?, aquilo me parecia impossível, mas Adrián continuou falando e eu deixei.

Nos tornamos sócios, Yinizará Macrobiótica LTDA. Eu cuidava da parte financeira e ele das consultas, disse, tínhamos um espaço amplo. Entre 1981 e 1984, estivemos todos os dias juntos.

E o que vocês faziam juntos todos os dias?

Adrián franziu um pouco os olhos, chacoalhou um pacotinho de adoçante e tornou a deixá-lo ao lado da xícara. O bigode dele estava sujo. Não posso contar da intimidade dele para você, disse, era uma outra época. Eu não iria gostar que falassem de assuntos privados e do meu passado para as minhas filhas. Não tenho nada contra você, esclareceu mostrando as palmas das mãos, um gesto que não deixava de ser um pedido de desculpa.

Levei um tempo consultando as perguntas que ele não responderia.

A mulher dele, Raquel, você a conheceu?

Claro, também conheci a filha dele. Inclusive estive na casa dos pais dela, em Palermo, era uma família italiana.

Como era a Raquel?, perguntei.

Era a esposa do meu amigo, trocávamos cumprimentos, tínhamos uma relação social, era a vida dele, Adrián disse e fez um sinal de que aquilo era tudo. Não falaria mais.

Fechei o caderno.

Você se parece bastante com ele, disse e me observou detidamente. Não é uma semelhança física: as palavras, os gestos, a maneira como você segura a lapiseira, a respiração e o silêncio.

Não respondi.

O que eu posso te dizer, prosseguiu, é que encontrei a Raquel uma semana antes da morte dela. Eu caminhava pela rua, ela estava em um ônibus e me viu. Ela desceu e nos sentamos em uma praça por duas horas. Foi uma coisa estranha, a primeira e a única vez. Conversamos sem parar. No final, bem perto do final, por sorte tivemos aquela oportunidade para conversar.

O que ela disse, você intuiu alguma coisa?, perguntei.

Era a esposa de um grande amigo. Ela tinha coisas para dizer, eu tinha coisas para dizer e paramos por aqui, respondeu. Foi a última vez que eu a vi e no enterro foi uma das últimas vezes que vi o teu pai. Logo em seguida, decidi encerrar a sociedade. Os empregados ficaram revoltados, quiseram continuar como uma cooperativa, o restaurante funcionou por mais alguns meses e fechou. Mas o curioso é que nunca voltamos a nos encontrar. Nesse momento, Adrián se deteve. Minto, disse, uma vez eu o vi caminhando com uma mulher muito bonita, um pouco mais alta do que ele, talvez fosse uma namorada ou até mesmo a tua mãe, não sei dizer, eles estavam na rua Quintana, na Recoleta, ele tinha um apartamento naquela região. Eu estava dando uma volta com a mulher que seria a minha esposa. Nos vimos, nos reconhecemos à distância e não trocamos nenhum gesto.

Por que terminou desse jeito, o encerramento da sociedade, o afastamento súbito?, perguntei.

Não posso te contar, Adrián insistiu e suspirou como se não fosse culpa dele e as coisas não pudessem ser remediadas, como se aquilo que tinha acontecido entre eles há mais de trinta e cinco anos persistisse. Um pacto, pensei.

Vocês tiveram um relacionamento?, perguntei, eram amantes?

Adrián não ficou surpreso. Existem vínculos, disse, amizades, sociedades e inclusive laços mais profundos. E mesmo que o sentimento seja muito forte, tudo pode dar errado. Acredito que foi isso que aconteceu entre nós.

Ele prestou atenção nas minhas anotações e eu recorri a uma letra ilegível.

Eu era jovem, Adrián disse quando levantei a lapiseira, hoje eu não embarcaria em uma aventura daquelas de jeito nenhum. A perda foi grande. Mas veja, já faz tempo que eu vinha pensando naqueles anos. Talvez estivesse escrito que estaríamos aqui, agora.

E o que você esperava deste encontro?, perguntei, irritado porque ele não falava, pelo tempo perdido, pelo sorriso que ele mantinha. Por que você veio se não quer me contar nada?

Adrián ficou desconsertado.

Pobre coitado, ele disse, você tem uma história, uma mochila imensa, e não faz ideia do que carrega dentro dela. Mas eu não posso te ajudar, é a vida do teu pai e é a minha vida. Queria conversar com ele, queria fazer uma pergunta que ele nunca me respondeu e não quero que as minhas palavras sejam mais um peso para você.

Paguei a conta e a gorjeta. Adrián se levantou, agradeceu o café e me pediu desculpa: não posso falar, disse. A pochete dele ficou presa na cadeira. Ele se desequilibrou, mas não caiu. Ele carregava alguns papéis em uma sacola plástica.

Na saída, trocamos um aperto de mãos. Se você tiver notícias do teu pai, me avise, disse. Preciso vê-lo.

Alguns dias depois do encontro com Adrián, Claudio me mandou de Córdoba uma mensagem com a fotografia do cartão de um escritório de advogados. Foram eles que cuidaram do processo aberto pela família da Raquel, dizia, me intimaram algumas vezes para testemunhar, durante vários anos estiveram atrás de provas. "Sardella e Filhos, direito penal", estava escrito em letras sóbrias, depois vinha o endereço e um número de telefone desatualizado. O papel estava amarelado e as bordas rasuradas, mas dava para ler com clareza. Talvez você possa conversar com essas pessoas para investigar mais, Claudio se despedia e mandava abraços e beijos para a minha família.

Alguns minutos depois, ele me enviou outra mensagem com uma fotografia da bebê e outra imagem que não consegui compreender de imediato: um formulário datilografado com anotações feitas em cursiva elegante. Era o certificado de óbito. Morte por asfixia, água nos pulmões.

A segunda mensagem não continha texto.

Imaginei como teria sido o movimento na água, o tremor de uma bebê que começava a sustentar a cabeça, que talvez emitisse os primeiros balbucios, imitasse palavras e sorrisse. Pensei em Luna, senti um frio correndo pela espinha.

Havia uma trilha para dar seguimento àquela investigação truncada que já tinha mais de trinta anos: as testemunhas e os querelantes. Havia algo decisivo na conversa entre Adrián e Raquel em uma praça. Uma mulher doente e um homem apaixonado, ou talvez o contrário. Algumas perguntas o meu pai não iria responder, ele nem permitiria que eu as formulasse. As pessoas que o conheceram já não queriam mais saber dele, minha mãe tinha se libertado, os amigos se distanciaram, meu pai já não falava mais com os próprios filhos: sobrava um rastro de fotografias que não levava a nenhum lugar, um jogo que não escondia segredos porque os segredos eram simplesmente inacessíveis. Aquelas fotografias que meu pai me enviava talvez fossem o eco de uma obrigação: ser pai era aquilo, era o que estava ao seu alcance, o lugar onde ele sustentava a própria identidade, a sombra do seu papel. Sardella e Filhos, eles tinham sido os advogados, também tiveram dúvidas e investigaram. A minha investigação poderia continuar avançando sobre as histórias e o silêncio, eu poderia acessar novas recordações, testemunhos, amantes e inimigos. Eu poderia ler novos livros sobre a morte do pai para encontrar ressonâncias e remissões.

Mas ao contrário, eu me detive na imagem, um enquadramento simples, quase uma fotografia de passaporte. Carmela, dizia o arquivo em *jpg*. Disse o nome dela em voz alta. Observei os olhos amendoados, as bochechas gordas e a covinha no queixo, o rosto precioso de um bebê como outro qualquer que deveria ter crescido e vivido uma vida. Pensei a respeito do lugar no mundo no qual ela chegou, a loucura de uma mãe sofrida e desesperada que pôs um fim em sua vida. Também pensei a respeito do papel do meu pai, na sua estrutura psíquica, nos mecanismos que governavam as suas relações e nos movimentos radicais que marcavam a sua biografia.

A minha intenção não era diagnosticá-lo, pensá-lo como se fosse um caso clínico. Queria a história dele para ser capaz de compreender a minha e talvez esse fosse o ponto de chegada: o nome e o rosto da minha irmã, daquela outra filha, dar a ela um lugar em minha vida, lembrar-me dela.

Guardei a imagem na pasta de fotografias da minha família e apaguei as mensagens do Claudio. Deixei os cadernos com as anotações das entrevistas em uma gaveta, comprei uma pilha de romances policiais, conversei com Julia durante toda a noite e no dia seguinte telefonei para os donos dos chalés que ficavam na região das serras.

Quarta parte

Os pássaros

Saímos de casa de madrugada, com o plano de chegar antes do anoitecer. O trajeto tinha vários trechos em pista dupla, calculamos doze horas de viagem. Luna dormiu antes do contorno das serras aparecer. Estávamos em San Luis, com pouco trânsito e sem caminhões. Curvas, pedágios, placas de propaganda. Eu lembrava de cada ponto à medida que avançávamos. Um ano depois, voltávamos à mesma estrada e, obviamente, os povoados se sucediam na mesma ordem: Papagayos, Carpintería, Renca. Dessa vez, sabíamos para onde estávamos indo, reservamos a mesma casa, planejamos os restaurantes onde comeríamos e as excursões que faríamos. Luna estava maior e mais forte, dizia o tempo todo que entraria no rio. Ela ficava mais calma em contato com a natureza, passava horas correndo e contemplando, à noite, exausta, caía rápido no sono. Tínhamos conversado com um grupo de professoras das serras que mantinham uma colônia de férias para crianças da idade dela durante o verão.

Julia acariciou a minha nuca e trocou a música que estava tocando. Ela me ofereceu água, as guloseimas que tínhamos comprado no último posto de gasolina e depois mate. Colocou a erva na cuia e serviu a primeira água com cuidado porque o carro sacolejava na estrada malconservada.

Tomara que a Luna tire uma sesta como essa todos os dias, ela disse.

E foi então, enquanto ríamos, que vi os dois pássaros sobre o asfalto, duzentos metros à nossa frente. Eles pareciam olhar de perto um para o outro no meio da pista, como se estivessem conversando. Tirei o pé do acelerador, mas não pisei bruscamente no freio. Julia também travou os olhos neles e esperamos em silêncio. Eles não se moveram. Sentimos uma pancada leve e vimos as penas se espalhando pelo para-brisas. Julia cobriu a boca com a mão e depois sorriu. A gente chega nas serras, ela disse, e os pássaros voltam.

No primeiro dia que peguei Luna na colônia de férias, ela desceu a ribanceira aos pulos, desviando das pedras, com o cabelo solto cobrindo o rosto e as pernas cheias de roxos e arranhões. Fez duas amigas. Aprendeu uma música que cantou dentro do carro e me deu flores de presente. Tinha colhido sozinha, ela disse.

Naquela tarde, fomos até à praça do povoado e tomamos sorvete. Na volta para casa, Luna ajudou a arrumar a mesa e deixou que a penteássemos. Quero que já seja amanhã, ela disse com a cabeça cheia de espuma, sentada na banheira, quero voltar ao jardim mágico.

Conhecemos outros pais com filhos na colônia, pessoas que viajaram o mundo todo, filhos de hippies que nunca saíram das serras, artesões e um disc-jóquei que instalava painéis solares. Recebemos convites para comer churrascos, para beber mate e para dois aniversários. Tínhamos um mês inteiro pela frente.

A primeira semana não tinha terminado, quando Luna comentou que queria morar lá para sempre.

Passar o ano inteiro na montanha?, Julia perguntou e deu corda à brincadeira.

Nos dias seguintes, começamos a olhar algumas casas com placas de aluga-se e eu anotei os telefones das imobiliárias.

Deixar Buenos Aires, mudar para um povoado. Ter mais tempo para ler, para ficarmos juntos, abrir um consultório nas serras ou inventar uma nova vida. Uma noite, na cama, Julia insistiu: somos jovens. A professora do jardim contou sobre os centros comunitários que funcionavam na parte mais alta da montanha, de como eles serviam à população que ficava distante das escolinhas e dos hospitais, trabalhadores rurais, feirantes e suas famílias. Tinha um grupo de médicos e de assistentes sociais. Qualquer tipo de ajuda era bem-vinda. Julia estava entusiasmada.

Aqui o comércio é restrito ao verão e a alguns finais de semana prolongados, nos disse Hernán, o dono da imobiliária. Quando verem o ritmo de vida durante o ano, vocês vão ficar encantados: o outono e a primavera são as melhores estações. Ele tinha enfrentado uma doença "fodida" e, depois que se curou, decidiu se mudar. É claro que eu trabalho, ele repetia, mas não preciso mais renunciar aos churrascos com os amigos, à moto e às sestas. Estávamos longe da parte mais turística das serras de Córdoba, longe dos cassinos e dos aeroportos. Chegar lá exigia esforço. Era um tesouro.

Luna continuava entusiasmada com a colônia, nos contava das brincadeiras e das músicas que aprendia. Tinha uns cachorros locais, cruzamentos estranhos e simpáticos, que a seguiam por todos os lados e para os quais ela inventava nomes engraçados. Pela manhã, depois de deixá-la com as professoras, eu ia com Julia à imobiliária do Hernán e ele nos mostrava lugares para alugar. Vimos chalés com cheiro de fumaça e cortinas de banheiro enegrecidas pelos fungos; entramos em casas alugadas para a temporada que estavam reviradas e com roupas de banho secando em cima das cadeiras de plástico. Não era fácil ficar entusiasmado com aquilo. Até que Hernán nos ofereceu uma casa com milhares de metros de terreno e uma piscina. A proprietária era uma austríaca que se apaixonou pelo lugar, mas que vivia perto de Viena e já estava idosa, não viajava tanto como antes e queria manter a casa ocupada. Cobraria o preço da manutenção, talvez menos. Além dos quatro quartos, tinha uma biblioteca perfeita com poltronas de couro e uma escrivaninha antiga. A casa, Hernán nos avisou, era mantida por caseiros que cuidavam de tudo, além disso, acrescentou quando saíamos pela porta da sala de jantar, tem o cachorro. Ele mal terminou de dizer a palavra e vimos o bicho vindo em nossa direção, correndo invocado, balançando o rabo e respirando pesado: era um Dog Argentino. Esse é o Tango, Hernán brincou e fez carinho no dorso musculoso. O Tango passava da minha cintura e a cabeça dele era do tamanho do tronco da minha filha. Este cachorro é um doce, é muito amoroso, Hernán disse, a proprietária é louca por ele e projetaram o jardim para que se sinta à vontade. Tentei imaginar Luna correndo entre as árvores, brincando de esconde-esconde e sendo seguida por Tango.

Depois, Hernán nos mostrou outra casa, menos acolhedora e mais rústica, o valor do aluguel era o mesmo. Não tinha biblioteca, nem caseiros e nem milhares de metros de terreno, mas também não tinha um Tango. Gostamos. Tinha uma piscina pequena com um cercado e, na parte dos fundos, um pequeno bosque com lenha. Ela pode ser alugada de uma hora para outra, Hernán disse, temos bastante demanda por um paraíso como este.

Poderia ser uma loucura. Era preciso ordenar as coisas. O que eu faria com o meu trabalho? Nosso apartamento, as aulas na universidade e o dinheiro para viver. Mudar para as serras soava à aposentadoria, a um retiro de dias sempre iguais. Julia fez as contas: com nossas economias, um pouco de ajuda dos pais dela e se eu mantivesse alguns pacientes, viajando para trabalhar em Buenos Aires algumas vezes ao mês, poderíamos ficar tranquilos durante um ano.

Um ano, repeti.

Depois a gente vê, ela respondeu. É uma aventura, tem que acreditar, você pode voltar a escrever, meus pais podem ajudar se for preciso, vai nos fazer bem.

Improvisamos uma mudança. Fiz duas viagens com o carro abarrotado e matriculamos Luna no jardim onde ela fazia a colônia de férias. Sempre vivi em Buenos Aires, então, desde os primeiros dias nas serras, precisei aprender a cuidar da grama e das plantas, a ficar atento aos avisos de crise hídrica e aos cortes de água, a conectar o aquecedor antigo ao botijão que soltava cheiro de gás quando estava no fim. Da chaminé, descia uma fila interminável de formigas, assim como das paredes do quarto escorria umidade. Com o passar do tempo, adotamos um cachorro. Luna estava contente, subia nas árvores do quintal e organizava piqueniques embaixo delas. Usamos a piscina algumas vezes porque ela insistiu, mas saímos rápido, tremendo de frio. Varri os espinhos e as folhas secas e construímos juntos uma casa com troncos e lonas. Julia borrifava essência de lavanda nos lençóis para afugentar os escorpiões e as aranhas e eu fechava a porteira e as persianas antes de irmos dormir.

Às vezes, eu me sentava com Julia nas cadeiras da varanda para arquitetar planos e idealizar empreendimentos: pousadas, armazéns e hortas orgânicas, negócios para os quais não tínhamos experiência e nem recursos para investir. Enquanto acariciava o cabelo de Julia, eu me imaginava revirando a terra com um arado, instalando as mangueiras de irrigação, combatendo as formigas e as pragas. Àquela hora da noite, as nuvens atravessavam a borda das serras, mas pareciam ficar detidas, sem chegar a descer para o nosso lado do vale. Um microclima. Um dos três microclimas do mundo, Hernán disse sem mencionar quais eram os outros dois.

Conhecemos um casal de senhoras francesas que produziam queijo de cabra e que construíram a própria casa com adobe e outras matérias-primas locais, uma mulher que batizou a filha de Mate e um homem cujo avô vendeu, doou ou perdeu, pouco a pouco, toda a terra que podíamos avistar, agora ele era jardineiro e esperava receber a licença para trabalhar como técnico de instalações de gás.

Em meados de maio, o jardim da casa amanheceu branco de geada. Os avisos da chegada do frio começaram depois da Semana Santa, quando tivemos que vestir os nossos casacos antes do planejado. Aprendi a acender o calefator que ficava no corredor, entre o nosso quarto e o de Luna: um cubo de ferro com tampo de vidro que queimava rápido e precisava ser alimentado várias vezes durante a noite para não apagar. Aquele calor mantinha os quartos confortáveis e tornava suportável o frio do banheiro. O resto da casa, a sala com a chaminé selada e a cozinha, entregávamos à própria sorte. Nelas, a umidade avançava resfriando o ar e não ia embora até o meio-dia, ou permanecia indefinidamente se o sol não aparecesse. Almoçávamos vestidos com blusas térmicas e cachecóis. Algumas vezes, Luna comeu com o protetor de orelhas. Aprendi a diferenciar as madeiras e a aproveitá-las: Eucalipto e gravetos para acender o fogo nas primeiras horas, Alfarroba e Quebracho Vermelho, que era bem caro, para queimar durante a noite. Meu irmão Martín nos visitou com a namorada e me disse que eu cheirava a fumaça e que em breve já não teria mais roupas suficientes. Aprendi a fazer a poda, a cortar pequenos troncos com machado e a usar palavras para descrever aquilo que antes era indiferenciado na generalidade da montanha: atascadeiro, mandril, monitoramento das cinzas, taipa de pedra e taipeiro. Com as pessoas do povoado conversávamos sobre ventos e chuvas de pedra, dos apagões que podiam durar vários dias e das disputas entre famílias pelos direitos de posse sobre a terra, de usucapiões e usurpações.

No fim de maio, compramos duas bolsas de água quente e, em julho, um aquecedor para o quarto de Luna. Quando ela dormia, eu colocava algumas toalhas nos caixilhos das venezianas para bloquear a corrente de ar que esfriava o piso de cerâmica. Às vezes, Julia comentava que as pessoas da região eram muito fechadas, que seria impossível começar um projeto para nos manter e que talvez tivéssemos sido precipitados e tomado uma decisão equivocada.

Naquelas noites, quando Julia e Luna dormiam, eu me sentava na sala onde podia ver a sombra da montanha rodeada por nuvens baixas, uma silhueta contra o céu escuro. Ficava atento aos barulhos que vinham da casa e de fora dela. As mariposas atacavam as luzes do pátio, as aranhas saíam das frestas dos móveis de madeira, das vigas e do forro. Elas avançavam. Pela manhã, encontrava os fios de suas teias cruzando as pernas das cadeiras e formigas e moscas enredadas. Em poucos dias, elas se transformavam em múmias acinzentadas, e um tempo depois, em cascas vazias. No fim, desapareciam para dar lugar a outras presas. Não fazia sentido tentar exterminar todas elas. Eu me limitava a olhar com atenção o interior dos sapatos, as roupas de cama, mas à noite eu as deixava trabalhar ao meu redor. Nunca nos picaram ou nunca nos demos conta das suas picadas.

Uma tarde, no final do outono, quando os turistas já tinham ido embora do povoado e as casas ficariam desabitadas até o próximo final de semana prolongado, lá do jardim, Julia voltou a dar um grito. Dessa vez, Luna gritou também. Eu estava lavando os pratos na cozinha e elas chegaram correndo e tremendo.

Elas entraram aos pulos, nervosas, me aproximei de Luna, ela começou a rir. Serpente, gritou, serpente, vimos uma serpente, papai!

Julia moveu os braços como se tentasse se livrar do medo e me disse que estavam entrando no carro para ir às compras quando a viu passar por entre as rodas.

Olhei pela janela, mas não dava para distinguir nada por causa do sol.

Tinha escutado sobre serpentes na região, elas apareciam durante o dia, a maioria comia sapos e roedores, mas várias espécies eram perigosas. O veneno se espalhava pelo corpo a partir da picada, avançava pela corrente sanguínea. Quanto menor o peso, maior o risco. Existia uma fórmula para avaliar a urgência. Os cachorros geralmente eram picados no rosto quando as incomodavam com o focinho. A maioria morria pouco tempo depois. Era conveniente ir rápido para um ambulatório ou para o hospital da cidade, que ficava a cinquenta quilômetros. O problema, o perito do serpentário local que ministrava cursos preventivos nas escolas e nas paróquias tinha dito, era identificar a espécie agressora para escolher o antídoto certo. Alguns moradores locais cuidavam muito das serpentes. Eles diziam que éramos nós os invasores do espaço delas.

Calcei um par de botas, procurei uma pá e fui para o jardim com o coração saindo pela boca, eu sentia vontade de estraçalhar aquele bicho. Uma serpente perambulando por onde minha filha brinca, pensei. Apertei o cabo áspero de madeira e senti o peso da pá. Acertar a cabeça, parti-la ao meio. O carro estava debaixo de um abrigo coberto com placas de alumínio que o protegiam da chuva e do granizo, mas a estrutura não tinha paredes, as colunas de ferro eram finas e o acionamento da luz era fotossensível. O carro fazia sombra e foi difícil acostumar os olhos. Enxerguei o rabo deslizando pelo gramado, ela era dourada e preta, talvez verde escura, não se intimidou com os meus passos pesados. Levantei a pá e imediatamente senti medo. Acertar, mas não matar. E se ela viesse em minha direção? As serpentes dão bote. Eu tinha pouco espaço devido ao teto baixo e à coluna ao meu lado. A serpente mal se movia, mas levantou a cabeça acima das plantas, uma cabeça triangular, lenta, com a língua que aparecia tranquila a cada dois ou três segundos. O corpo se revirava sobre ele mesmo. Ela se moveu lentamente até ficar enrolada como se fosse um cesto.

    Papai, Luna gritou de dentro de casa, ela me olhava através de um mosquiteiro, já encontrou, já viu a serpente?

    Bater na cabeça as deixa desorientadas, o especialista disse, ele nos recomendou golpear com um bastão longo. Depois vocês a levantam com um galho em forma de tridente e a levam para longe. A superfície escamosa parecia escorregadia. O gume da pá só poderia partir a cabeça se o golpe fosse certeiro.

    Dei um passo e ela se enrolou de uma maneira mais tensa: com a cabeça bem no centro, seus olhos pareciam me observar com toda a paciência do mundo. Sem desviar o olhar, percebi uma pedra ao meu lado e me abaixei para pegá-la. Ela estava impassível. Arremessei forte e acertei com tudo. O corpo dela se retorceu em silêncio, serpenteou no mesmo lugar, ela não foi nem na direção da cerca e nem para debaixo do carro. Soltei um grito gutural, uma mescla de raiva e um pouco de medo.

    Boa tarde, alguém disse da rua.

O jardineiro da casa vizinha olhava para mim com os braços sobre o portão, um sujeito que eu costumava cumprimentar quando saía com o carro. Ele trabalhava em várias casas de veraneio, fazendo a manutenção para os proprietários: sempre estava aguando e passando a máquina de cortar grama. Ele andava em um ciclomotor com o equipamento pendendo de um lado e sempre usava camisas bem gastas.

Uma serpente, eu disse. Apontei para ela, como se daquela distância ele pudesse ver a prova irrefutável. O jardineiro se aproximou devagar, sem pressa, e confirmou: é uma serpente. Jararaca, disse em seguida. Elas não costumam descer para cá, ainda mais com o frio que tem feito, continuou explicando com as mãos na cintura. Ele cheirava a couro e a mato.

O jardineiro deu dois passos contornando a serpente e pegou um galho. Depois me estendeu a mão sem dizer nada e eu lhe entreguei a pá.

Tem que bater para desorientar, né?, disse.

Por quê?, ele perguntou e, com força, pressionou o galho sobre o corpo do bicho. A carne cedeu como se fosse um sapo, o rabo e a cabeça chacoalharam enlouquecidos para todos os lados, mas ela estava imobilizada.

Aqui elas ficam agressivas, ele disse, e com a mão livre levantou a pá como se fosse uma lança ou um arpão em uma cena de cinema e acertou bem no meio da cabeça. A serpente ficou paralisada por um instante e, com o pescoço aberto na metade, começou um ziguezague delicado, como se estivesse adormecida. Na pancada seguinte, ela pareceu recuperar as forças e abriu a boca mostrando as presas. A dois metros eu me sentia seguro, não conseguia parar de olhar.

O jardineiro desferiu um terceiro golpe que partiu a mandíbula, escutei o barulho de um ossinho pequeno quebrando, como se fosse de um frango, e então acabou.

Com o galho ele levantou o corpo e o levou até o matagal dos fundos, para onde o lançou com força. Perguntei se queria entrar em casa, lavar as mãos, tomar um mate ou um café, não sabia como agradecer. Ele disse que eu não precisava me incomodar, pediu licença e tomou um gole d'água da mangueira que usávamos para regar as flores da entrada. Enquanto ia embora, do portão, disse que da próxima vez eu devia fazer do jeito que ele mostrou, que era preciso dar um jeito naqueles bichos de merda, eles são confiados, se instalam, fazem ninho e não vão mais embora.

Por aqueles dias, minha filha completou três anos e saímos passear de mãos dadas pelo jardim para vistoriar as guirlandas, os balões e finalizar os preparativos da festa. Fazia frio, mas estávamos agasalhados. O cachorro nos seguia: levantava raminhos do chão e se afastava alguns metros quando farejava alguma coisa que nunca conseguia capturar. Luna apontou para os picos cobertos de neve por trás da casa. Parecem próximos, mas na verdade estão longe, ela disse. Várias vezes, ela corria pela rua com o propósito de chegar lá em cima, mas cansava rápido: tinha entendido a distância. Tomara que neve na hora dos parabéns, ela disse logo em seguida e revisou os detalhes que organizamos juntos, as brincadeiras e as músicas que escolhemos ao longo de várias semanas. Lembrou da lista de convidados levantando os dedos das mãos sem fazer a conta. Não posso esquecer de nenhum deles. Maru, Paz, Jade, Lu. Ela dizia um nome, olhava para mim e com o cenho franzido perguntava se os amigos viriam. Lola? Roque? Martín? Sim, eu respondia, ou não, está gripado. Ou sim, mas vou lembrar o pai dele, que ainda não confirmou. Tudo bem, minha filha dizia e continuava com a lista.

Tinha surpresinhas para os convidados?

Sim, tínhamos preparado sacolas com pincéis e têmperas para todas as crianças.

Chegamos nas árvores dos fundos. Luna analisou os limões que ainda estavam verdes e cresciam desordenadamente no pomar, colheu dois ou três laranjinhas que não comeu, caminhou se equilibrando sobre um tronco que estava caído e apontou para os pássaros que estavam no chão ao nosso lado.

Que tipo de pássaro é esse?, perguntou.

Maritacas, respondi, veja como elas gritam.

Luna riu: são papagaios, papai, porque são verdes, olhe as plumas.

Disse que ela tinha razão, que talvez fossem papagaios selvagens, daqueles que não aprendem as palavras.

Luna disse: olá, sou a Luna. Luna, ela repetiu caminhando lentamente na direção deles até que os três voaram para os galhos mais altos de um eucalipto.

Qual é o nome do teu papai?, me perguntou quando estávamos voltando para casa.

Respondi.

Ele vai vir na festa?

Respondi que eu achava que não.

Por que ele já está velhinho?, perguntou.

Disse que era porque ele vivia longe, em um país chamado Itália, que era preciso embarcar em aviões e atravessar o mar para chegar aqui.

Ela me olhou e me disse que tudo bem, que talvez ele pudesse vir em outra oportunidade, para o seu aniversário de oito ou de vinte anos.

Alguns dias depois, meu pai enviou outra fotografia, a primeira do ano. Dessa vez não eram paisagens ou cidades. Era um zoom do focinho de um dos cachorros dele. Lupo ou Roxy? Dava para ver apenas a pelagem preta e branca e uma coleira vermelha. Ao fundo, talvez uma mesa, cadeiras e o piso de madeira.

Fiz uma busca nas fotografias que estavam em meu telefone. Escolhi uma de Luna bebê, no berço, vestindo roupinha azul celeste, tirada provavelmente antes da história do mapa astral; outra dela engatinhando pela sacada do apartamento de Buenos Aires e olhando para a câmera; outra em que aparecia fantasiada de Pequeno Pônei para a festa da escolinha; a última era na região das serras: eu a segurava em meus braços no jardim, o nosso cachorro pulava, minha filha tocava o focinho dele com os dedos e sorria. Era um percurso com imagens de Luna, de bebê ao presente. Enviei.

Meu pai respondeu imediatamente: Veneza, vista de um café. Algumas mesas vazias e, ao fundo, um dos canais. *Vuoi venire a trovarmi in questi giorni?*, dizia o texto que acompanhava a fotografia. Ele não sabia da nossa mudança para a região das serras, das palavras que minha filha dizia e aprendia, das perguntas que me fazia quando tentava entender quem era quem em nossa família, nem das entrevistas e pesquisas que fiz ao longo do último ano. Luna percebia que meu pai estava ausente, me perguntava se eu tinha um papai e às vezes se conformava com um "sim". Sabia que as perguntas continuariam, que ela insistiria e que eu procuraria por outras maneiras para explicar.

Itália, pensei. Era verdade, ele vivia longe. Você quer vir me encontrar?, traduzi rapidamente a última mensagem dele. Uma boa pergunta. Em outro idioma, ele me convidava para ir a outro país. Imaginei que lá de Veneza ele também teria uma explicação a meu respeito: aquilo que fiz, o porquê de não nos vermos. Não voltei a saber de Mariana ou dos amigos dele, ninguém perguntou por Julia ou por Luna. O que teria dito para eles? Quem era eu para ele?

    O desaparecimento, o mapa astral, o medo e todas as dificuldades. As perguntas que só consegui fazer quando ele já não estava mais. Conhecer a história, dizer quem ele foi e por que fez o que fez. Parar e refletir. Meu pai não era um guia, um exemplo ou sequer um malefício, ele era um vazio e eu queria um ponto para confiná-lo. Abri o aplicativo e procurei a função para silenciá-lo; ela estava ao lado do botão de bloqueio, que acabei acionando. Eu tinha um personagem, uma versão para contar à minha filha. Minha própria invenção. Talvez aquilo fosse tudo que eu podia fazer: continuar um diálogo inexistente para terminá-lo.

Sobre o autor

Santiago La Rosa nasceu em Buenos Aires em 1987. Australia, sua primeira novela, apareceu em 2016. Desde 2019 é um dos diretores da editora Chai. Vive em La Población, província de Córdoba.

Sobre o tradutor

Rafael Ginane Bezerra é sociólogo e professor na Universidade Federal do Paraná, atuando na área de Didática da leitura e da escrita. Coordena oficinas de criação literária e traduziu obras de María Teresa Andruetto, Lilia Lardone, Samanta Schweblin e Federico Falco.

Este livro foi produzido no Laboratório Gráfico
Arte & Letra, com impressão em risografia
e encadernação manual.